KEITAI SHOUSETSU BUNKO SINCE 2009
野いちご

一途で甘いキミの
溺愛が止まらない。

三宅 あおい

STARTS
スターツ出版株式会社

カバーイラスト／木村恭子

完璧な彼は人気者で、信頼が厚い人で、
私には遠い存在の、太陽のような人だった。
それなのに、そんな彼に突然……。
「俺と結婚してください」
　プロポーズされて!?

　そのプロポーズが罰ゲームだと思い、信じきれずに断っ
てしまったある日。
　親から政略結婚の話をされる。
　その相手はなんと……。
「ごめんね、こんな無理矢理なことして」
　私にプロポーズをしてきた彼だった。

ふわふわガール
桃原 菜穂
×××

爽やかイケメンボーイ
上条 蓮

＊＊＊＊＊
甘くて一途な彼の
過剰な愛情表現にご注意ください
＊＊＊＊＊

一途で甘いキミの溺愛が止まらない。登場人物紹介

内気な高校2年生。平穏な日々を送っていたけれど、クラスメイト・蓮からの突然のプロポーズで生活は一変。蓮の溺愛に戸惑いながらもドキドキの毎日。

桃原菜穂(ももはらなほ)

峯田千秋(みねたちあき)

菜穂が心を許せるしっかり者の親友。クラスは違うけれど、菜穂にとっては信頼できて頼れるお姉さん的存在。

contents

☆ プロローグ	9
二度目のプロポーズ	13
政略結婚	31
同棲生活スタート	47
私と彼の戦い	89
強引な彼の嫉妬	113
初めてのキス	137
時折自分から	151
彼と私の昔のこと	169
この気持ちの正体	219

彼に本当の気持ちを話す時　　245

エピローグ　　269

特別書き下ろし番外編　　275

あとがき　　302

プロローグ

"好き"とか"恋"とか"愛"とか。
　正直よくわからなくて、私にはまだまだ縁のない遠い話だと思っていた。
　それから、人気者である彼のことも、遠い存在だと思っていた。それなのに……。
「俺と結婚してください」
　どうして私は今、そんな彼にプロポーズされているのだろうか。
　驚きを飛び越えて逆に冷静……というか、呆然(ぼうぜん)としていたというほうが正しいのかもしれない。
　もちろん何かことばを返せるわけがなく。

　突然、彼が『放課後、教室に残ってほしい』って言いだすものだから、いったい何を言われるのか怖(こわ)くて仕方がなかった。
　だってほとんどプライベートな話をしたことがないからだ。
　だけど、まさか……プロポーズ、されるだなんて。
　いや、きっと何かの罰(ばつ)ゲームだろうな、と無理矢理思うことにしても、なんて答えればいいのかわからない。
　嘘(うそ)につきあったほうがいい……？
　でも、この状況を誰かに見られていて、陰で笑われるのも嫌(いや)だ。
　だからって、何か答えないと……。
　ひとりで焦って泣きそうになっていると、彼が慌(あわ)てはじ

めた。
「あ、いや、ごめんね。突然こんなこと言われても困るよね。ほら、今すぐにじゃなくて、卒業してからの話だよ」
　え……？　もしかして、本気なの？
　そんなことないよね。
　わけがわからなくなって、半泣きになりながら断ることにした。
「えっと……その、ごめんなさい！　もしこれが何かの罰ゲームだったとしても無理です！」
　それだけ言いはなって、彼の返事は聞かずに逃げるように教室を後にした。
　ただ、それで終わりではなかった。
　この日の出来事は、私の何気ない日常を大きく変える、ただの始まりに過ぎなかった。

二度目のプロポーズ

いつも通りの朝。

遅刻などの目立ったことがしたくない私は、毎日同じ電車で30分ほど乗った先にある、男女共学の高校に通っている高校２年生。そのため、教室に着く時間がだいたい同じ。

数人しか来ていない教室の窓際にあるいちばん後ろの席に、今日も座っていた。周りからはぼうっとしているように見えているかもしれないけれど、実は今、心臓がバクバク鳴っていてうるさい。

冷や汗もかいているし、指先も震えていた。

それもそのはず、昨日、私はとんでもないことをしてしまったのだ。

『俺と結婚してください』

夢であってほしかった。

真剣な瞳で見つめてきた彼の姿が、頭から離れない。

そう。

私は昨日、ある男の子に告白……ではなく、プロポーズされたのだ。

それも、１年生の時からずっとその存在に憧れていた男の子。クラスの隅にいるような私とは違い、いつもクラスの中心にいて、なんなら住んでいる世界が違う。私とはまったく共通するところがないような彼にプロポーズされたのだ。罰ゲームとしか考えられなかった私は、断ってしまうという過ちを犯してしまった。

きっと今日もまた、呼び出されるに違いない。

昨日の反応はなんだ、とか数人の男の子に囲まれる可能性もゼロではなかった。
　どうしよう、とひとり心の中で焦っていたら、教室のドアが開いた。
「蓮、頼む！　人数足りないんだよ……」
「また助っ人？　仕方ないなぁ」
「よっしゃあ！　蓮がいたら絶対勝てる！」
　来た。ついに彼が来てしまった。
　クラスだけでなく、学校でも人気者で、みんなからの信頼が厚い彼の名前は上条蓮くん。今もバスケ部の男の子に、助っ人に来てほしいと頼まれている。
　そんな上条くんに私は昨日、プロポーズされたのだ。
　いくら罰ゲームだったとしても、あんな経験二度とないだろうな。
　第一、私みたいなこんな地味で目立たない人間を好きになるはずがない。
　上条くんは、勉強やスポーツもできるうえに、性格も容姿もよくて誰もが認める完璧人間。
　男女問わず人気者で、先生からも絶大な信頼を得ている。
　爽やかなイケメンで、いつも優しい笑顔を浮かべ、誰に対しても同じように接する上条くん。
　そんな上条くんが太陽の存在だとしたら……私、桃原菜穂は太陽の日差しがあたらない、日陰に咲く花のような地味女。
　唯一心を許せる友達とは、2年生になってクラスが離れ

てしまい、今は数人の子たちと一緒にいるけれど、口下手な私はあまり会話にはいれない上に、馴染めていない。だけどその子たちがみんな優しいから、グループに入れてくれているのだ。

　つまり私なんかいてもいなくても誰も困らないし、それ以前に興味なんてないだろう。そんな私の存在価値はなしに近い。

　むしろゼロだ。

　だから、きっと私は罰ゲームのターゲットにされてしまったんだ。

　きっとそうだ。それしか考えられない。

　そう思いながらもう一度上条くんのほうを見てみれば、なんということだろう。

　上条くんと目が合ったのだ。

　慌てて視線をそらす。

　あ、危ない……。

　もしあの後、睨まれていたら、泣いてしまうところだった。

「ん？　蓮、どこ見てんだよ」

　どうやら上条くんはまだこっちを見ているみたいだ。

　お願い、どうか私の名前を呼ばないで……と、ひたすら祈る。

「なんでもないよ。何かあったとしても教えるわけないよね」

「なんだよそれ、まあいいけど」

よ、よかった……。

なんだかよくわからなかったけれど、どうやらスルーしてくれたようだ。

でもそうなると、ますます上条くんのことがわからなくなる。罰ゲームなら、普通ここで隣にいる男の子に何か言ってもいいはずなのに。いったい上条くんは何を考えているんだろう。

高校1年の時も同じクラスだったのだが、形式的な会話しかしたことがなかった。

ただ、ないわけではなかった。

雑用とか押し付けられやすい私は、何回も上条くんに手伝ってもらったことがあるのだ。

『ひとりじゃ大変でしょ？ 手伝うよ』って言ってくれた時に、私は初めて上条くんはみんなに優しいのだと知ることができた。

何回も『大丈夫です』と断ったけれど、『いいから』と言って、その度に手伝ってくれた。

会話はほとんどなく、プライベートな話をした記憶もほとんどなかった。

でも一応同じクラスだったわけだし、何度も優しく声をかけてくれていた上条くんにこうやって遊ばれてしまうだなんて、少し悲しくなった。

「菜穂～！ 今日のお昼一緒に食べよう！」

お昼休み。

グループに入れてもらって食べるお昼は、気を遣ってしまって居心地が悪い。かといってひとりで食べるのも嫌。そんなわがままな私は、自己嫌悪に陥っていた。

　唯一、高校１年から仲のいい峯田千秋ちゃんが私の教室にやってきた。

　千秋ちゃんのクラスと私のクラスは離れていて、なかなか会う機会がないため寂しいのが正直なところだけど、『千秋ちゃんと話したい』なんて勝手なことを言って困らせたくない。

　だけどしっかり者で、頼れるお姉さんのような存在の千秋ちゃんは、私のことをよく気にかけてくれていて、こうして週１か週２のペースでお昼を一緒に食べようと誘いにきてくれる。

　千秋ちゃんには、もちろん自分のクラスにも仲がいい友達がいるため、本当に申し訳ないと思うけど、『気にしないで』と言ってくれるからつい甘えてしまう。

『ねぇ、名前なんて言うの？　私、峯田千秋！』

　仲良くなったきっかけは、入学式の日に緊張してガチガチだった私に、前の席だった千秋ちゃんから話しかけてくれたのだ。

『わ、私はあの、えっと……』

　自分の名前すら緊張してうまく言葉にできなくて、泣きそうになる私に千秋ちゃんは明るく笑いかけてくれた。

　それも嫌そうじゃない、自然な笑い方で。

『緊張しなくていいのに。ほら、ゆっくりでいいから』

　千秋ちゃんはそう言って、私が口を開くまでずっと待っていてくれた。

　そんな優しい千秋ちゃんのおかげで、私は緊張がほぐれ、言葉を交わすことができた。

　入学式の日はほとんど千秋ちゃんと話していて、それからもずっと私と仲良くしてくれた。

　千秋ちゃんがいなかったら、本当につまらない高校生活になっていたと思う。

「菜穂？　元気ないけど何かあった？」

　学食で食べることになった私たちは、ふたりテーブルを挟んで向かい合って座り、お弁当と学食で買ったポテトを食べていた。

　せっかく千秋ちゃんが誘ってくれたというのに、頭の中は昨日のことでいっぱいで上の空だったらしく、心配そうに千秋ちゃんが話しかけてきた。

「ううん、なんでもない！」

　一瞬、言ってしまおうか悩んだが、それでもし上条くんやその周りの友達にバレてしまったら、女の子たちの嫉妬で命はないと思う。

　だから結局言わないことにした。

「そう？　何かあったらすぐ言ってよね？」

　そんなに深刻そうな顔をしていたのか、私。

　もし「上条くんにプロポーズされた」って言ったとしても、到底信じてもらえるような話じゃないし、そもそもあ

れは罰ゲームなのだ。
「蓮くん、今日みんなでカラオケ行こうってなってるんだけど蓮くんも来ない？」

その時、近くで上条くんの名前が聞こえてきて、体がビクッと跳ね上がる。

声のしたほうを見てみれば、そこには男女数人に囲まれた上条くんの姿があった。

やっぱり人気者なんだなぁ。

「ごめんね、今日は行けないかな。誘ってくてありがとう」
「そっかぁ、残念」
「じゃあまた今度にするか！」

どうやら上条くんが行かないから、カラオケはやめたらしい。

「相変わらず人気者だよねぇ、上条。顔もいいしムードメーカー的存在だし」
「そ、そうだね……」
「でも、彼女をつくらないって有名なんでしょ？　理想が高いのかな」
「え、そうなの？」
「うん、上条と同じ中学だった友達がいるんだけどね、中学の時も彼女いなかったらしいよ」

それには素直に驚いた。あんなに人気者でモテるというのに、彼女をつくらないなんて。

それを聞いて、ますますわからなくなった。

やっぱり自分の理想の女の子がいないから、あえて真逆

の私で遊ぼうとか思ったのかな？
　いずれにせよ、本気じゃないのは確定だ。
　だってまず告白じゃなしにプロポーズをするという時点でおかしい。
　いくら考えたって上条くんの気持ちなんてわかるはずもなく、答えは出ないまま放課後になった。

「今日数学のノート提出だから、係が集めて持っていくように。以上」
　帰りのホームルームの時間が、担任の先生の言葉で終わる。
　私は提出物を集めて持っていく係のため、教室に誰もいなくなるのを待つ。
　上条くんは遊びの誘いを断っていたから用事があったのだろう、教卓にノートを置くなり教室を出ていった。
　……って、何を意識してるんだろう私。
　呼び出しを食らってクラスの中心グループの人たちに囲まれるという恐怖がまだ消えていないというのに。
　少しして全員が教室からいなくなった。
「……よしっ」
　まずは教卓の上に置かれたノートを出席番号順に並べ、それを持ち上げる。
　ノートといえど、クラス全員分となれば意外と重い。
　なんて思いつつ、教室を出ようとしたその時。
　私がドアに手をかける前に、教室のドアが開いて驚く。

「桃原さん」
「……っ!?」
　私の目の前に、今、一番会いたくない上条くんの姿があった。
「上条くん、帰ったんじゃ……」
「帰ってないよ。ほら、俺の席に鞄(かばん)あるでしょ？」
　そう言われて上条くんの席を見れば、机の横に鞄がかけてあった。
　最悪だ、ここに来て鉢合わせしてしまうなんて。
　どうして私はこうも運がないのだろう。
「じゃ、じゃあね！　また明日……きゃっ」
　急いで上条くんの横を通り過ぎようとしたら、焦(あせ)りすぎてノートの何冊かを床に落としてしまう。
　なんでこういう時に限ってドジをしてしまうんだろう。
　本当についていない。
　急いで拾おうとしたら、その前に上条くんがしゃがんでノートを拾おうとしてくれた。
　だから私は慌てて止める。
「そ、そんな……上条くん、私が拾うから！」
　上条くんはさっとノートを拾って立ち上がると、真正面から私を見つめた。
「気にしなくていいよ。俺、桃原さんの助けになりたいし」
　私の助けになりたい……？
　思いがけない上条くんの言葉に固まっていたら、突然ノートをひょいっとすべて取られてしまう。

「か、上条くん…!?」
「持つよ、いつも桃原さんやってるから。今日は俺にやらせて？　って言っても、並べてくれたのは桃原さんなんだけどね」
　ごめんね、となぜか逆に謝られてしまう。
　なんだろう。
　心の中がじわりと温かくなって、泣きそうになる。
「大丈夫です、あの、私がやります！」
　思わず敬語になってしまったけど、今はそれを気にしてる暇はない。
「じゃあ、一緒に行こっか」
　目を細めて人懐っこく笑う上条くんは、そう言って私にノートを半分ほど渡した。
「あ、いや、全部！　全部ください！」
　誰よりも人気者の上条くんに、雑用をやらせることなんてできない。
　慌ててノートを全部奪い取ろうとするけれど、上条くんに簡単にかわされてしまう。
「ダメだよ、たまには人を頼らないと」
　それだけ言って上条くんは先に歩き出してしまった。
　だから私は慌てて後ろを追いかけて、隣に行く勇気はないため斜め後ろを歩く。
　だけどなんか後ろをついていくのも変かな……？
　すると突然、上条くんがふっと軽く笑い、こっちを向く。
「そんな警戒しないで。隣、おいでよ」

この時の私は、昨日のことは夢だったんじゃないかと思っていた。
　だって目の前には、確かに優しさで溢(あふ)れている上条くんの姿があったから。
　恐る恐る隣に並ぶと、上条くんは満足そうに笑っていた。
　やっぱりかっこいいなぁ。
　綺麗な二重の目に、長いまつ毛。
　すっと通った鼻筋。
　肌だって白くて綺麗だし、もしかしたら180センチ以上あるんじゃないかってくらい背が高く、本当に何者なのかと思うくらいかっこいい人。モデル並み、いやそれ以上の容姿だ。そんな上条くんをじっと見つめていたら、突然、彼は反対側を向いてしまう。
「……あまり見られると、ちょっと照れるな」
　その言葉は予想外のもので。
「……上条くんでも照れることがあるんだね」
　あまりに驚いたから、本音をぽろっとこぼしてしまう。
　でも、言った後にすぐ後悔が押し寄せてきた。
「ご、ごめ……」
　急いで謝ろうと思ったら、上条くんがこちらを向いた。
　その頬(ほほ)はほんのり赤く染まっていて。
「そんなの、好きな子に見つめられたら照れるに決まってるよ」
　その瞳(ひとみ)は真剣そのもので、まるで捕らえられたかような感覚に陥る。

今、上条くんはなんて……？『好きな子』って、言わなかった？
　しばらく沈黙が流れる。
　返す言葉が見つからない。
「昨日のことさ、桃原さん、罰ゲームって思っていたみたいだけど……俺は本気だよ。からかうつもりなんて一切ないから」
　真剣な眼差しを向けられ、上条くんの気持ちが余計にわからなくなってしまう。
　落ち着け、私。
　罰ゲームが続いているなら、私が信じるようにあれは罰ゲームなんかじゃないって言うべきところだ。
　だから、今も上条くんは私を騙そうとしてるのだと無理矢理思うほかなかった。
　だってもし本当だとしても。
　その先、どうすればいいのかわからなくなるから。
　結局、私は何も言葉を返すことができないまま、タイミングよく数学の準備室に着く。
　準備室の前に置いてある棚にノートを置き、また私たちは教室へと向かった。
　だけど、帰りはひと言も話さなかった。
　私の頭の中では上条くんになんて声をかけようということばかり考えていた。
　手伝ってくれてありがとう？
　バイバイ？　また明日？

ダメだ、なんて返せばいいのかわからない。いっそのこと、このままトイレに行くふりをしようかとすら考えてしまう。
　だけど手伝ってくれたのだから、せめてお礼だけでも言わないと。
　そうこうしているうちに教室に着いてしまう。
　先に私が中に入って、その後に上条くんが続いた。
　自分の席まで行き、鞄を手に取る。
　どうしよう。
　どうすればいい？
　まだ混乱状態だったのだけれど、固まっていたら不自然に思われてしまう。
　だから意を決して上条くんに話しかけようと振り向く。
　私は窓際にあるいちばん後ろの席で、上条くんは3列横だったから、振り向けばすぐに目が合った。
　いや、上条くんも私を見ていたから目が合ったのだ。
「……桃原さん」
　低い声で、私の名前を呼ぶ上条くん。
　私のことをまっすぐ見つめていた。
「あの、上条くん！　手伝ってくれてありがとう！」
　心の中では無理矢理、話を変えてしまったことに謝りながら、お礼を言う。
　このまま上条くんの話を聞いていたらダメな気がしたからだ。
「じゃ、じゃあね！」

「……待って」

　慌てて教室を出ようとしたけど、上条くんに呼び止められ、反射的に足が止まった。

　上条くんのほうを向けば、ゆっくりと彼が近づいてくる。

　あっという間にふたりの距離が縮まり、目の前に上条くんがやってきた。

「桃原さん、本当にダメ？　俺、本気で桃原さんと結婚したいと思ってるんだ。だから俺と結婚してほしい」

　また今日も、プロポーズをされてしまった。

　だからどうしてプロポーズなのか、いくら考えてもその理由がわからない。

　反応に困ってしまう。

　もしも、これが普通に告白されたなら、戸惑いや混乱で済んだかもしれないけれど。そこを飛び越えてプロポーズだなんて……。

「あの……上条くん。その、どうして結婚なの？　ちょっと飛びすぎて頭が追いつかないっていうか……」

　途切れ途切れになりながらも、正直な気持ちを伝える。そんな私の言葉を聞いた上条くんは、驚いたように目を丸くした。

「どうしてって……。桃原さんと結婚したいから。それ以外に何があるの？」

　ダメ、私が言ったことが伝わってない。

　もしかして天然なのかな。

「普通は恋人関係から始まって、それから結婚するものじゃ

ないのかなって思ったから、その…」
「だけど結婚することが一番、好きな異性と近くでいられるんだよ？　ならもう結婚しかないかなって」
　う、うん……？
　ちょっと何を言ってるのかわからない。
　もしかして、本気？
　なら余計に困る。
　高校生のうちにプロポーズされるなんて思いもしなかった。
　どうか今すぐ「嘘だよ」って笑いながら言ってほしい。
　だけど上条くんは真剣な表情で、私を見つめたまま。
「あの、その……。やっぱり信じられなくて……ごめんなさい。無理です」
　昨日よりも丁寧に断る。
　もし、本心だとしても……それは一時期な気の迷い、思い違いだろう。
　だって上条くんが私なんかを選ぶなんて到底考えられない。きっと上条くんはこの選択に後悔してしまう。
　だから断ったけれど、上条くんの顔は見れなくて俯く。
　少しの沈黙が流れ、気まずいなと思っていたら……。
「そっか……」
　と、上条くんが低い声で呟いた。
　思わず顔を上げてみれば、上条くんは眉を下げて笑い「じゃあ、ごめんね」と言った。
　私は何も言えないまま、上条くんが教室を出るのをただ

見つめるだけしかできなかった。

　この時の上条くんの「ごめんね」は、突然こんなこと言ってごめんね、という意味が込められているのだと思っていた。
　だけど意外と早く、その謝罪の本当の意味を知ることになる。

政略結婚

次の日から、何事もなかったかのようにいつもの日常が戻ってきた。
　もちろん、上条くんとはあれからひと言も言葉を交わしていない。
　だからやっぱりあの突然のプロポーズは夢だったんだろうなと思っていた。
　でも、その数日後に。
　親からとんでもない話を聞かされることになる。

「ただいま」
　学校から戻り、いつものように玄関のドアを開ける。
　すると普段は帰りが遅いお父さんとお母さんが、すでに帰ってきていた。
　そんなことは滅多にないから驚く私。
　リビングに入れば、あきらかにいつもと違う雰囲気のお父さんとお母さんは、帰宅したばかりの私を真剣な表情で見つめている。
「ど、どうしたの？　ふたりともそんな顔して……」
「菜穂、とりあえず座りなさい」
　急ぎの用なのか、着替える時間も与えてくれずふたりの向かいに座った。
　いったい何を言われてしまうんだろうと、身構えていたら……。
　突然ふたりから頭を下げられた。
「えっ……？　いきなりどうしたの？」

「菜穂、頼む！　こんな俺たちをどうか許してくれ！」
「は、はい？」
「ごめんね、菜穂」
　ふたりとも謝るばかりで、理由がまったくわからない。
「どういうこと？　何があったの？」
　事情が知りたくて、そう訊くと、ようやくふたりは頭をあげた。
「実はな、今お父さんたちの会社は危ない状態なんだ」
　それは初めて聞くことで、驚いた。
　私のお父さんは小さな町工場を立ち上げた人で、いくら小さくても従業員を雇う側にいる社長。
　そんなお父さんを支えているのはお母さんで、ほかに3人の従業員が働いていた。
　何度か仕事場に行ったことがあるから、どんな感じなのかは知っていたけれど、まさかギリギリの経営状態だったなんて。
　そこまでは知らなかった。
「このままだと倒産は免れない状況だ。でもな、奇跡が起こったんだよ」
「き、奇跡……？」
　まったく話の先が読めなくて、困惑する私。
　そして次の言葉でようやく、お父さんやお母さんに謝られた意味がわかることになる。
「今日な、誰もが名前を聞いたことのある、大企業の社長が突然お父さんの仕事場にやってきたんだ。ぜひとも我々

の元で働いてほしいって。それでな……条件として、その社長から縁談を持ち込まれたんだ」

縁談……？

あまり聞きなれないことばに、一瞬頭の中が真っ白になって、理解が遅れる。

縁談って、私が誰かと結婚するってこと？

「もしかして、それってまさか政略結婚……？」

「ああ、そういうことになるかな。本当にすまない。もう俺たちを救えるのは菜穂しかいないんだ」

そんなことを言われて、断れるわけがない。

上条くんのプロポーズといい、政略結婚の話といい、ここ数日で何が起こっているんだ。

「でも、どうして……？ こんな地味な私なんかと会ったら、その話がなかったことになるかもしれないよ？ それに大企業の社長って、すごい人だよね？ それなのに私なんかが……」

あれ？

そもそも私って誰と結婚するの？

その社長？

社長の息子さん？

息子さんだとしたら相当年上？

わけがわからなくなっていると、またお父さんが口を開く。

「いや、菜穂は十分かわいいから心配することはない。実は今日な、社長の息子さんにも会ってきたんだ。どうやら

菜穂のことを知っているようで、今すぐ婚約してほしいというのが、相手の希望なんだ。その相手というのは社長の息子さんのことなんだが、容姿も完璧で人当たりもすごく良かった。菜穂と同い年だって言ってたな」

お父さんが私のことをかわいいって言ったことにもびっくりしたけど、それよりも、その後の言葉がどうしても心に引っかかる。

私と同い年、容姿も完璧、人当たりもいい……？

真っ先に上条くんのことが頭に浮かんだけれど、まさかそれはないよね。

だって上条くんが、いわゆる御曹司(おんぞうし)なんて聞いたことがない。

でも、もしかして？ いや、まさかね……。

心臓が嫌な音をたてる。そんな偶然ってある？

待って、そういえば上条くん……今日は早退していた。

上条くんが学校を休んだり、遅刻したり早退したことってほとんどなかったような気がする。

どうしてだろう、嫌な予感しかしないのは。

「菜穂、ダメかしら……？ お母さんもこんな親の勝手な話でひどいってわかってる。だけど今日、相手の方にお会いしてみて、菜穂のことを本当に大事にしてくれる人だと思ったわ。それが伝わってきたの」

大事にしてくれるって……。私はその人のこと知らないのに？

だけど、もし私が断ったらどうなるか……。

会社は立ち行かなくなり、お父さんもお母さんもボロボロになるかもしれない。
　そう思ったら受け入れるしかなかった。
　もともと恋とか愛とかそういうの、わからないし。
　なら結婚してもしなくても同じかなって思う。
「……わかった」
　肯定(こうてい)の言葉を口にすれば、ふたりとも安心したような、だけど同時に複雑そうな表情を浮かべた。
　きっと悩んで決めたことだったのだと思う。
「ありがとう……。ごめんな」
「ううん、謝らないで。気にしてないから」
「ありがとう、菜穂。それでね、さっそくなんだけど明日、その社長と息子さんが家に来るの。会ってくれるかしら？」
「あ、明日？」
　もっと、こう……。心の準備期間とかはくれないのかな。
　展開が早すぎてついていけない。
　だけど受け入れてしまったのだから、私は頷(うなず)くしかなかった。

　次の日。
「変じゃない……？」
「何言ってるのよ、菜穂はもっと髪をいじったほうがかわいいわ」
　朝から我が家はバタバタしていた。
　そしていつも目にかかるぐらいまであった私の前髪が、

お母さんによって目の上まで切られてしまい、視界がいつもより明るい。

さらにはコテで髪を巻かれ、いつもの暗い私と違って印象も明るくなった気がする。

急にかわいくなったり、激変したりはしないけれど、少しはマシになったと思いたい。

だけど違和感しかなくて、なんだかそわそわする。

「どうしよう……緊張してきたよ。ヘマしたらどうしよう」

私が何かやらかして破談になれば、お父さんとお母さんに迷惑をかけてしまう。

本当は今すぐ逃げ出したいくらい緊張しているけれど、必死で平静を装う。

それから服を着替え、あとは相手が来るのを待つのみ。

本当にどんな人が来るんだろう。

私なんかでいいのかなって、昨日からずっと同じことを考えている。

そして10分ほど経ったとき、インターフォンが鳴った。

ついに相手が来てしまったのだ。

私の鼓動が速くなり、なんなら泣きそうになる。

ぎゅっとその気持ちを抑え我慢していると、玄関のほうからお父さんと誰かの話し声が聞こえてきた。

私は隣にいるお母さんと一緒に、リビングのドアに視線を向ける。

最初に入ってきたのはお父さん。

「どうぞ」

お父さんがそう案内して、リビングに入ってきたのは昨日言っていた社長であろう人、そしてもうひとり……。
「……っ!?」
　それは、シャツの上からジャケットを羽織り、黒いズボンを履いている私服姿の上条くんだった。
　何かの間違いであってほしかったのに、嫌な予感が的中してしまった。
　うそ……じゃあ本当に上条くんが社長さんの息子さんなの？
　驚きのあまり、会釈すらできない。
　そして落ち着いた様子の上条くんが私のほうに視線を向け、その時初めて視線が交わる。
　向こうは私のことを知っているとお父さんが言っていたのに、上条くんも驚いたように目を見張り、固まっている。
　もしかして、上条くんも知らなかった？
「蓮、どうしたんだ？　中に入りなさい」
　上条くんは社長さんにそう言われ、我に返ったようだった。
　そしてテーブルを挟み、私と向かい合って座る。
　いったいどういうこと？
　上条くんって、御曹司だったの？
　上条くんと婚約して……いつかは結婚するの？
　というかさっきの驚いた様子から、上条くんは本当に私が婚約相手だって知らなかったんじゃ……。
「君が菜穂ちゃんだね？」

頭の中がパニックになり、ひとりで混乱していると、突然社長さんに声をかけられる。
「そ、そうです……。桃原菜穂です」
　"申します"のほうがよかったかな、とか敬語の勉強もっとしとけばよかったかなとか、今さら後悔が押し寄せてくる。
　だけど言ってしまったからには仕方がない。
　社長さんの返答を待つ。
　すると社長さんは優しく笑った。
　その笑い方は、上条くんと似ていた。
「そんなに緊張しなくていいからね。縁談を受け入れてくれてありがとう」
　なぜかお礼を言われる。
『ありがとう』なの？
　本来は私たち家族がお礼を言うべきなんじゃ……。
　私が返答に困っていたら、また社長さんが助けてくれる。
「蓮とは同じクラスなんだってね？　こんなかわいい子、蓮にはもったいないよ」
　いや、それはこっちの台詞(セリフ)です、とさえもすぐに返せない私は相当なビビリだ。
「えっ？　菜穂、上条さんの息子さんと同じクラスなのか？」
　お父さんが私を見て驚いた。
「あ、う、うん……」
　私だって相手が上条くんだと知って、驚いている。

「……そうだ。せっかくだし、ふたりきりで話してきたらどうかな?」
「それはいいですね。菜穂、自分の部屋に案内してあげなさい」
「……え?」

　社長さんとお父さんで、勝手に話が進む。

　上条くんはさっきからひと言も話さないし、私はオロオロしているし。もう言う通りにするしかなかった。

　部屋は片付けてるから別に大丈夫、だけれど……。上条くんとふたりきりだなんて気まずい。

　一応プロポーズされて断ってる身だし……あれ以来、何も話していないから。

　今さら無理だなんて言えなくて、私が立ち上がると上条くんも立ち上がった。

　もしかしたらこの後、大人たちで仕事の話をするから私たちが邪魔なのかもしれない。

　そう思ったら余計に断ることなんてできなくて、結局2階にある私の部屋へ向かった。

　ガチャリと部屋のドアを開ける。

　どうしよう、何を話せばいい?

　話すことが思いつかなくて、口下手な私にはハードルが高い。

　とにかく何か話したほうがいいかなと思い、部屋の中に入るなり上条くんのほうを見た。
「び、びっくりしたね!　まさか相手が上条くんだったな

んて、あはは……」
　あからさますぎて絶対不自然だった、今。
　乾いた笑い声だけがむなしく響く。
　どうにか作り笑いを浮かべてみるけれど、うまく笑えない。
「……桃原さん」
　これまで黙っていた上条くんが、突然、私の名前を呼んだ。
「は、はい」
「ごめんね、こんな無理矢理なことして」
「……え？」
　突然、上条くんが謝るものだから戸惑ってしまう。
　無理矢理なことって、もしかして……政略結婚のこと？
「じゃ、じゃあ……上条くんは知ってたの？」
「知ってたって？」
「政略結婚の相手が私だってこと……」
「もちろん知ってたよ。本当はね、政略結婚は最後の手段としてなるべく使いたくなかったんだけど……プロポーズがダメだったから、こうするしかなかったんだ」
　上条くんが私にプロポーズをした時にそんなことを考えていただなんて、驚きしかない。
「じゃ、じゃあ上条くん、どうしてリビングに入って私を見た時、驚いてたの？」
　わかっていたなら、驚くはずがない。
　気になって聞いてみれば、上条くんの口から予想外の言

葉が飛び出した。
「……そりゃ、目の前に天使がいたんだから驚くに決まってるよ」
　……はい？
　て、天使？
　今、天使って、言ったよね？
　何それ……どういうこと？
　もしかして上条くんって、中二病？　とかなのかな。
「天使って……。上条くんには私たちに見えないものが見える能力があるの？」
　一応、ここは合わせたほうがいいかなって思って、とっさに聞いてみる。
　そしたら上条くんがふっと小さく笑い出した。
「なんでそんなに素直なの？　かわいい」
　素直……？
　それって私のことだろうか。
　上条くんの言葉に困惑していたら、突然腕を引かれ、体が前に出てしまう。
　そして気づけば背中に上条くんの手がまわされていて、腕の中にすっぽりとはまっていた。
　これって、もしかして……上条くんに抱きしめられてる!?　ふわりと優しく包み込むような抱きしめ方に、ドキドキと鼓動が速くなった。
「もちろん桃原さんのことだよ。もう天使にしか見えないね」

「わ、私が……？」
　天使って私のことを言っていたの？
　そんなこと思いもしなかったから、返答に困ってしまう。
「上条くん、おかしいよ？　私が天使だなんて」
「天使だよ。なんて愛しいんだろう。ずっとこうなる日を待ってたんだよ俺」
　抱きしめ方が優しいから、抵抗しようとか嫌とすら思わなくて。
　自然に身を任せたままだったけれど、さっきから上条くんが変だ。なんか……いつもと違う。
　どうしたのだろう。
「ずっと……？」
「うん、そうだよ。こんな形になっちゃったけど、婚約したんだよ俺たち。卒業したら結婚して、そしたら夫婦だ。なんて素敵なことだろう」
　卒業したら結婚……。
　婚約ってことはいつかは籍を入れるんだろうなってわかっていたけれど、いざ言われると実感が湧かない。
「でも、いいの……？」
「え？」
「こんな、地味な私となんか……結婚だなんて」
「何言ってるの？　俺が聞きたいよ。こんな天使と結婚できるなんて、幸せすぎておかしくなりそうだ」
　さっきから天使、天使って……。どうしちゃったんだろう、大丈夫かな？

でも私なんかと結婚して、上条くんは幸せなの？
「か、上条くん」
「どうしたの？」
「私、天使みたいな人間じゃないよ？」
「天使だよ、ふわふわしていてかわいい。どうしようもないくらい好きだよ。早く明日にならないかな」
　ふわふわとかかわいいとか好きだとか言われ、返答に困ってしまう。
　それに今、早く明日にならないかなって言わなかった？
「明日、何かあるの？」
「あれ、桃原さん、聞いてないの？」
「聞いてないけど……何を？」
　すると、上条くんが衝撃発言をした。
「お引越しだよ。明日から桃原さんは、俺と一緒に住むの」
　お引越し……？　上条くんと、一緒に住む……？
　どういうこと？　頭が追いつかない。
「上条くんと、一緒に住むの……？」
「そう、ふたりで暮らすんだ」
　それって、つまり……。
「ど、同居……!?」
　驚きのあまり両目を見開き、上条くんを見つめてしまう。
　どういうこと？
　上条くんと一緒に暮らすの？
　そんなの想像なんてできるわけないし、信じられない。
　そもそも同じ学校の男の子と同居だなんて、普通に考え

たらいけないことだろう。
「バレたらダメなんじゃ」
「大丈夫。バレたところでなんとかなるよ」
　どうしてそう言い切れるのかはわからなかったが、上条くんは自信ありげに笑う。
「どうして、今すぐ同居だなんて……」
「だって、俺たちはもう婚約者同士だよ？　なら同居っていうか同棲だね。同棲するのが普通なんだよ」
「同棲……」
　聞きなれない言葉。
　明日から上条くんと同棲することになるだなんて、まったく想像できないし、まだ信じられない。
「安心してね。服とか必需品とか全部、揃えてあるから。あとは桃原さんの大事なものとか持ってくるだけでいいからね。もし忘れ物があっても、また取りに戻ればいいから」
　全部揃えてある？
　そうだった、上条くんは御曹司なのだ。
　きっと上条くんが住んでいるのは豪邸なんだろうな。
　使用人付きとかで堅い感じだったらどうしよう、息苦しいかもしれない。
　そもそもマナーとか何も知らないよ私。
　本当に上条くんの婚約者でいいの？
　不安ばかりが頭の中に広がってしまう。
「どうしたの？　暗い表情して」
「……あっ、ううん、なんでもないよ」

上条くんに声をかけられ、慌てて笑顔をつくる。
だけど、明日になるのが怖くてたまらなかった。

同棲生活スタート

スマホのアラームの音が鳴る。
　　それは朝、起きる合図だった。
　　だけどほとんど眠れなかったのが実際のところ。
　　理由はただひとつ。
　　昨日のことについてだ。
　　あの後、少しして上条くんと私は1階に降りて、親と一緒にいくつか話をした。
　　そして、また明日迎えにきますと言って、上条くんと社長さんは帰っていった。
　　やっぱり同棲の話は嘘じゃないみたいだ。
「おはよう、菜穂」
　　リビングに降りると、すでにお父さんとお母さんが起きていた。
「……おはよう」
　　私もまだ信じられない気持ちのまま返事を返し、朝ご飯が置いてあるテーブルにつく。
「菜穂、ちゃんと荷物まとめた？」
「うん、昨日したよ」
　　上条くんたちが帰ってすぐ、私は持っていく物の準備をした。
　　だからもう荷物は完璧なのだが、心の準備はまだまだ。
「菜穂、ごめんな。ちゃんと全部話してなくて」
　　どうやらふたりとも、同棲の話も知っていたようで話すのをためらっていたらしい。
　　だけど、上条くんが同じクラスの男の子だと知って、少

し安心していたのは確かだった。
　そして三人で朝ご飯を食べる。
　こうやって三人でご飯を食べるのは、今日以降しばらくないかもしれない。
　ということは今日から、上条くんと向かい合って食べるの……？
　想像なんてできるはずもなく。
　ご飯を食べ終わった後、すぐに出発する準備を始めた。
　その間にも約束の時間は刻一刻と近づいていって。
　もしかしたら来ないかも、とか。
　全部夢なのかも、とか考えたり。
　だってあの太陽のような、遠い存在の上条くんと婚約して同棲……？
　千秋ちゃんに言ったらどう思われるだろう。
　というか絶対みんなにバレてはいけない。
　たぶん、私の命が危ない。
　そう理解した瞬間、全身の血の気が引いた気がした。
「菜穂ー？　準備終わった？」
　1階からお母さんの声が聞こえてきた。
　そこでようやく我に返り、私は荷物を持って1階に降りた。
　うん、ちゃんと上条くんと話そう。
　学校では今まで通りでいたいって。
　そこだけは何としてでも折れたくなかった。
　1階に降りるとタイミングよくインターフォンが鳴る。

上条くんが来た。
　　私だけでなくお父さんやお母さんも外に出れば、キラキラと輝くような眩(まぶ)しい笑顔の上条くんが立っていて。
　　この人と私が……って、なおさら信じられなくなる。
「おはようございます」
　　そんな上条くんが、私の親に挨拶(あいさつ)をする。
　　礼儀も正しい。
「これから娘をよろしくお願いします」
「こちらこそよろしくお願いします」
　　そんな上条くんを見て、お父さんもお母さんもうれしそうだった。
　　そりゃそうだ。
　　こんな完璧な人が私の婚約者となるのだ。
「必ず菜穂さんを幸せにします」
　　私だけ別のことを考えていたら、突然上条くんがすごいことをさらっと言った。
　　今、幸せにするって……。それに、名前……。
　　逆に私が恥ずかしくなって、思わず顔が熱くなる。
「じゃあ、行こっか。荷物持つよ」
　　上条くんはそう言って私に近づき、手慣れた様子で私の荷物を手に取った。
「あっ……。上条くん、それぐらい自分で……」
「いいから。ほら、行こう？」
　　優しい笑顔を浮かべられると、何も言えなくなってしまう。

「……ありがとう」
　だから私はお言葉に甘えることにして、最後にお父さんとお母さんに挨拶してから上条くんの後ろについていく。
　すると私の家の少し手前に、テレビドラマでしか見ないような黒いリムジンのような車が停まっていた。
　それはなんていうか、よくお金持ちの人が行き帰りに送ってもらうためにある長い車のようで。
　本当にそんな車が存在したんだと、素直に驚いた。
「蓮様！　お荷物、私がお持ちいたします」
　高級車の前に立っていた年配の運転手さんらしき人が、慌てて私たちに近づく。
　運転手さんというより、執事さん……？
　なんか服が、漫画やテレビで見たことがある執事服のような気がする。
　って、驚きを通り超して冷静になってるんだろう。
「いいよ、これくらい」
「ダメです、私の仕事です」
「大丈夫。桃原さんの婚約者としてこれぐらいはしないと」
　私の婚約者……。その言葉にドキッとしてしまう。
　結局執事さんらしき人が折れ、上条くんが車に荷物を乗せる。
　そして、戸惑う私に「どうぞ」とドアを開けてくれた。
　車内の様子にさらに驚いてしまう。
　まず中の広さ。
　足を伸ばしてもまだまだ余裕があり、なんならふたりが

横になれるんじゃないかってくらい広く、言葉が出ない。
　座る場所に困ってしまう。
「……どうせなら隣同士で座ろっか」
　なかなか座れないでいる私を、上条くんは自分の隣へと誘導する。
　おとなしく上条くんの隣に座った。
　だけどこんなにも余裕がある車内で、隣同士で座ってるのはなんだか違和感がある。
　上条くんとの距離が近くて、ドキドキした。
「あのさ」
　ひとり緊張しながら黙っていると、上条くんが口を開く。
「ど、どうしたの？」
「昨日からずっと思ってたんだけどね、どうして前髪切っちゃったの？」
「え……？」
　その言い方はまるで切ってほしくなかったという意味が込められているようで、ちょっと悲しくなる。
　そりゃそうだよね……。
　いつも前髪で目を隠し、周りとあまり視線が交わらないようにしていたのに。
　急にこんな切って、似合ってもないのにイメチェンしたって思われるに決まってる。
「ご、ごめんね……。変だよね」
　自分でもわかっているのに、こんな気持ちになるのはどうしてだろう。

やっぱり私は上条くんと釣り合わない。
「ううん、逆だよ。この世のすべての男に自分のかわいさを知らしめてどうするのって、本気で思う。桃原さんのかわいさは俺だけが知っていればよかったのに……。早く前髪伸びてくれないかな」
　そう言って、上条くんは私の前髪に触れる。変って意味じゃなかったんだとわかって、安心すると同時に、反応に困ってしまった。
　だって結構すごいこと言ってない？
　かわいいとかなんとか、しかも真剣な表情で。
　冗談だとは思うけど、真剣な表情で言われると何も返せない。
「ねぇ、どうしてこんなにかわいいの？」
「そ、そんなこと……」
「反応からすでにかわいいね」
　上条くんは目を細めて笑い、私の右手をそっと握る。
「こうやって桃原さんと手をつなげる日がやっと訪れたよ……。なんて幸せなんだろう」
「そ、そこまで大げさなことじゃないと思うけど……」
「いいや、すごいことだよ。ずっと待ってたんだ、この日が来るのを。今も桃原さんの視界に俺が映ってるって考えただけで悶えてしまいそうかな」
「も、悶え……？」
　どうしてその考えに行き着くのかはわからなかったけど、上条くんは幸せそうだった。

これで、よかったのかな？
　やっぱり上条くんは私の知っている学校での彼と違う。
　いい意味か、悪い意味かはわからなかったけれど、どっちが本当の上条くんなのだろう。
　無意識のうちに上条くんの綺麗な横顔を見つめていると、また上条くんは顔を背けてしまう。
「上条くん？」
「ダメだ、やっぱり慣れない……。桃原さんに見つめられたら倒れてしまいそうだ」
「え……？」
　もしかしてまた、前みたいに照れてるのかな。
　上条くんって案外照れ屋なのかも。
　だけど照れるくらい私が見つめていたってことだよね。
　それはそれで恥ずかしくなって、今度は私が前を向く。
　それからしばらくはお互い何も話さなかった。
　でもつながれた手だけは、ずっと離れずにいたから沈黙すらも気まずくなかったんだ。

「蓮様、桃原様、到着致しました」
　まさか私まで様呼びされるとは思っていなくて、驚く私をよそに、上条くんは私の手を引いた。
「ほら、ここだよ」
　正直、家を見るのが怖かった。
　もし豪邸とか堅い感じだったら……と心配だったからだ。

けど顔を上げてみれば、閑静な住宅街に並ぶ近代的でモダンな一軒家で安心した。
　いや、普通に一軒家でも十分すぎるくらい大きかったから本当は驚くべきなのに、すでに感覚が鈍っているのかもしれない。
「それではおふたりとも、また明日お迎えにまいります。何かありましたらお呼びください」
　執事さんはそう言って頭を下げ、私たちが家の中に入るのを待っていた。
「じゃあ行こっか」
　上条くんは優しく笑い、また私の手を引いてくれた。
　そして家の中に入ってみれば、新築なのだろう、新しい家の匂いがした。
　家の中は白がメインの清潔感漂う造りだった。
　ここにきてひとつ、気になることがあったから上条くんに尋ねてみる。
「あの……上条くん」
「どうしたの？」
「えっと……私たち以外に、人はいるの？　家政婦さんとか……その、ほかに人がいるかなって」
　それが心配だった。
　もしいたとしたら、きっと気をつかってしまう。
　いや、上条くんに対しても気をつかわないといけないのだけど、彼はそんな私の緊張を和らげてくれるのだ。
「そんなのほかに誰もいないよ？　なんでふたりきりの空

間を、ほかの誰かに邪魔されなくちゃいけないの？　もしかして俺とふたりなのは嫌？」
「ち、違うよ？　ほら、もし誰かいたら気をつかっちゃうっていうか……。マナー指導とかあったら怖いなって……」
　私の返答に、上条くんは安心したように笑う。
「そんなに心配しなくて大丈夫だよ。桃原さんは存在自体に価値があるから、マナーとか学ばなくて大丈夫」
「え……？」
　存在自体に価値？
　ちょっとよくわからないけど、甘やかされてるのは確かだ。
　それだといけない。
　せめて一般常識やマナーくらいは学ばないと。
「じゃあ部屋も見ていこうか。１階はリビングで、２階がそれぞれ部屋で、３階が寝室ね。余ってる部屋は自由に使っていいよ」
　余ってる部屋……。ふたりしかいないのに３階建てだし、それだけ余裕があるのか。
「でも、よかった……」
「よかった？」
「うん、大きなお屋敷だったらどうしようって思ってて」
　自分の気持ちを素直に言えば、とたんに上条くんは顔色を悪くした。
「桃原さん、ごめんね……。大きなお屋敷のほうがよかったよね。今すぐ代えてもらうよう連絡するからちょっと

待ってて」
「え、あの、違うよ!?　勝手にイメージしてて、もしそうなら息苦しいかなって思ってて……。だからこの家でよかったっていうか、そもそもこの家でももったい無いくらい大きいし、本当にもう十分です!」

　私がうまく伝えられなくて、誤解させてしまった。
「本当にここで大丈夫?」
「いや、あの、ここがいいです!　変なこと言ってごめんなさい」

　最悪だ。早々に私、やらかしてしまった。
　自分の失言に落ち込んでいると、上条くんの手が私の頭の上に置かれた。
「謝らないで?　落ち込む必要なんてないから」
　そう言って優しく笑いかけてくれるから、私も安心してしまう。
「じゃあ早速部屋を見にいこうか」
　上条くんのその言葉に頷き、2階に行く。
　案内された私の部屋は、白地の小花柄の壁紙で囲まれていて、落ち着きのある印象の部屋だった。すでに勉強机やクローゼットなどが完備されたうえに、洋服もたくさんあって。しかも洋服専用の部屋もまだあるよってさらっと言われ、言葉も出ないくらい驚いた。
　ただひとつ気になることが。
　それは自分の部屋にベッドがなかったこと。
　それから寝室は3階にあると言っていたこと。

もちろん寝室も、別々だよね……？
　なんだか嫌な予感がするけれど、あえて深く考えないようにする。
「あとは寝室だね。3階に行こう」
　ふと隣を歩く上条くんのほうを見ると、明らかに今までよりもうれしそうな笑顔。
　恐る恐る上条くんの後ろについて行けば、あるひとつの部屋で止まった。
「ここが俺たちの寝室だよ」
　"俺たち"。
　さらっとそう言って、ガチャリとドアを開ける。
「……っ!?」
　そこには大きなベッドがひとつ、置いてあって。
　ひとり用にしては確実に大きいし、それどころかふたりでも十分大きいだろう。
　ということは、もしかして……。
　驚きのあまり固まっている私を見て、上条くんは微笑んだ。
「これから俺たちが寝る場所だよ。ちゃんと特注で頼んだんだ。気に入ってくれたらうれしいな」
　うれしそうに部屋の中に入る上条くんだけど、私は動けないわけで。
　これは、ダブルベッドってやつだ。
「おいで、桃原さん」
　固まる私を上条くんは誘う。

おいでって……どうして？　何かされるの？　そこまで馬鹿じゃないから、ダブルベッドの理由はなんとなくわかる。
　だけど……。さすがにそこまで頭が回っていなかった。
「あの、上条くん……」
「わかってるよ。俺、桃原さん傷つけたくないから。ふたりのペースでいこう？」
　私の言いたいことが伝わっていたようで、安心する。
　だから上条くんの隣に並ぶと、頭を優しく撫でられた。
　どうしてだろう。
　上条くんに触れられるとドキドキしたり、けど今は心が温かくなるっていうか……落ち着く。
「心配だった？」
「え……？」
「これ見た瞬間」
　これ、とはダブルベッドのことだろう。
　だから私は素直に頷く。
「そっか。でも本当に大丈夫だから。俺はいつだって桃原さんファーストだよ」
「……私、ファースト？」
　ファーストって、なんかどこかで聞いたことある、けれど……思い出せない。
「なんでも桃原さんを一番に考えるってことだよ。俺の優先順位はいつだって桃原さんが一番だから」
　そこまで言われてようやく思い出した。

"レディファースト"だ。
　あれ、でも今私ファーストって……。
「……っ」
　ようやく意味を理解して、顔が熱くなった。
「照れちゃったね」
「あ……えっと…」
　どうしよう、何も返せない。
「……かわいい」
　小さく笑い、上条くんは私の手を握る。
「荷物の整理の前にまず休憩しようか」
　かわいいと言われ、さらに私の顔は熱くなるものだから、頷くことしかできなかった。
　上条くんに手を引かれ、１階に降りる。
　リビングもこれでもかってくらい広い。
　ふたりでこの広さなんて、贅沢すぎる。
「どうする？　少し早いけどお昼にする？」
「う、うん」
「じゃあ座って待ってて」
「……え？」
　上条くんはふわっと優しく笑うなり、キッチンのほうへ歩いてしまう。
　上条くんが……作る？
　それはダメだ。
　上条くんに任せるなんて決してしてはいけないことだから、慌てて呼び止める。

「上条くん……！　私がやるから、座ってて！」
　料理は両親が共働きだから、私が作る日も多かった。だからわりと得意なほうだ。
「ダメだよ、俺に任せて。家事は全部俺がやるから」
　それでも上条くんは聞いてくれなくて。
　それに今、家事全部って言わなかった？
　そんなに私、家事できないと思われてるのかな。
　ちゃんとできるし、それに私がやるべきだ。
「上条くんの未来の妻として、家事は全部私がやります‼」
　そう思った私は、深く考えずに爆弾発言をしてしまって。
　未来の妻……。
　何を言ったか理解した瞬間、穴があったら入りたいほど恥ずかしくなり、顔が熱くなった。
　恐る恐る上条くんを見てみればフリーズしたまま、石のように固まっていた。
「あ、あの……上条くんこれは、その」
　何とか弁明しようにもできない。
　うまく言葉が出てこないし。
　すでに恥ずかしさのあまり泣きそうになる私。
　それでも上条くんは反応しない。
　というか、小刻みに体が震えているように見えなくもない。
　そして少し視線を下に向ければ、なんと上条くんは左手の甲の皮をこれでもかというくらいつねっていたのだ。
「か、上条くん……！　そんなにつねったらあざになっちゃ

うよ！」
　痛そうに見えたから、思わず上条くんの手を握って阻止しようとする。
　それもまた無意識のうちだった。
　上条くんの左手の甲はやっぱり赤くなっていて、痛そうだ。
「絶対痛いよね。急いで冷やさなきゃ」
「桃原さん、ごめん。お願いだから何も話さないで」
「……えっ？」
　驚いて上条くんを見上げれば、頬が赤く染まっている。
「……そんなかわいいこと連発されたら、俺、耐えられない。手を握られるだけでも俺、夢みたいでいつ気絶してもおかしくないから……」
「……手」
　上条くんに言われて初めて、自分から手を握るという大胆なことをしているのに気がついた。
「……っ、ご、ごめん！　あ、えと…本当にごめんなさい！」
　慌てて自分の手を離すけど、顔はさらに熱くなる一方で。
　なんてことしてるんだ私！
　ひとりで慌てていると、上条くんは私が離した手で顔全体を隠すように覆った。
「ダメだ、死ぬ」
「え……!?」
　結構本気のトーンだったから、私は焦ってしまう。
　死ぬって、そんなに嫌だった？

って、そんなの当たり前か。

こんな私に手なんか握られたら人生の汚点だよね。

「ごめんね、あの……。本当になんてお詫びすればいいか」

「いや、俺が謝りたい。本当にごめんね、桃原さんのかわいさを全部受け止められる心臓を持ってなくて」

「……？」

なぜ上条くんが謝る必要があるのかわからなかったけれど、上条くんが嫌そうな顔をしていなくてとりあえず安心した。

「あ、じゃあご飯は私がつくるね！」

なんて返事したらいいのかわからなかったから、話を変えてキッチンに入ろうとする。

そんな私の腕を上条くんは掴んだ。

「じゃあこの際一緒に作ろうよ。愛の共同作業ってことでさ。それでいい？」

なんかさらっと"愛"ってワードが聞こえてきたような気がしたけれど、聞き間違いだよね？

「う、うん！　上条くんがいいなら一緒に作りたい、です」

とにかくこのまま譲り合いしていても、上条くんが折れてくれる気配はなさそうだったから一緒に作らせてもらうことにした。

「一緒に、作りたい……？　作りたいって、言ったよね？」

だけど上条くんはその場に立ったまま動いてくれなくて、私をじっと見つめたまま。

「うん、言ったけど……それがどうしたの？」

「もう俺、胸がいっぱいだ。まさか桃原さんに一緒に何かをしたいと言ってもらえるだなんて。ありがとう、俺に幸せをくれてありがとう」

 そう言ってようやく上条くんが私のほうへ歩いてきたかと思えば、私の両手をぎゅっと包み込んだ。
「えっと……」
「初日からこんな幸せでいいのかな」

 反応に困ってしまったけれど、上条くんがうれしそうに笑うから、私まで胸が温かくなった。

 最初はこの展開を予想できずに戸惑っていたけど、気づけば受け入れている自分がいる。

 不思議だったけれど、きっとそれも上条くんだからなんだと思う。

 今だって、自然と笑顔になれた。

 それでも今は、私もだよって言葉すら恥ずかしくて言えないから、いつか言える日が来るといいなって思った。
「……じゃあご飯作ろう！　キッチンも広いね」

 ふたりで動いても余裕があるくらいのスペースがあって驚いた。

 そして準備を始めると、上条くんの手際(てぎわ)のよさにもさらに驚いた。
「上条くん、料理もできるんだね」
「そうかな？」
「うん、すごく手際がいいから……」
「桃原さんに褒(ほ)めてもらえてよかった。最低限のことは何

でもできるように心がけてるんだ」
　いや、それ以上に何でもできてるよって言いたくなったけれど、嫉妬みたいに聞こえたら嫌だからやめておいた。
「やっぱり上条くんはすごいなぁ」
　そうだ、上条くんと私は全然違うのだ。
　こうやって話をできるだけでもすごいっていうのに。
「俺なんかより桃原さんのほうがすごいよ」
「えっ？　私？」
「うん。周り見て嫌な顔ひとつせずに任された仕事してるし、それも丁寧だし。みんな桃原さんがやって当たり前ってなってるのがどうしても嫌なんだ。……って言いながら手伝ってなかった俺も俺だよね」
　ごめんねと小さく笑って謝られる。
　でもその言葉だけで十分だった。
　謝罪の言葉なんていらなかった。
　だって上条くんは、私が雑用を押し付けられた時に何回も気づいてくれて、その度に手伝ってくれてたから。
「そんなことないよ！　上条くん、いつも手伝ってくれてたから！」
「あんなの手伝ったうちに入らないよ。毎回じゃなかったし、本当にごめんね」
「あ、あの、謝らないで！　うれしかったの、こんな私のことを手伝ってくれて」
　逆に私がお礼を言わなきゃいけないのに。
　上条くんは戸惑う私を微笑ましそうに見つめてきた。

「違うよ、桃原さんだから手伝ってたんだよ。どうしても桃原さんに近づきたくて、話をすることができた時どんなにうれしかったことか」
「そ、そんなに……？」
　話って、そこまで深い話はしたことないのに。
　いや、きっと私に気をつかってそう言ってくれたんだろう。
「本当に今この瞬間も、俺が桃原さんと同じ空間の空気を吸ってるんだって考えただけで吐きそうなんだ」
「は、吐きそう？　だ、大丈夫なの、上条くん？　休んでたほうが……」
　最後の言葉に全部持っていかれてしまい、上条くんの体調が心配になる。
　そしたら今度は上条くんが自分の手で、顔全体を隠すように覆った。
「ダメ、もう本当に好き……何この天使」
「……へ？」
　呆然としていると、突然上条くんに優しく抱きしめられてしまう。
　いきなりのことで驚き、私は声すらも出なかった。
「あーかわいい……。もうご飯なんていいからずっとこうしていい？　いいよね」
　私が固まっていると、先に上条くんが口を開いた。
　まさかそんなことを言われるとは思ってなくて、さすがにそれは止める。

「……えっ、あの、それはダメだよ……。せっかく料理している途中なのに、食材が傷んじゃう……」
「……何もう食べ物にまで優しいってなんなの？ そうだよね、俺が悪いよね、ごめんね」
　なぜかまた謝られたけど、上条くんが離れる前に一瞬だけ力強くぎゅっと抱きしめられたから、ドキドキしてしまい、それどころじゃなかった。

　その後ふたりで作ったオムライスを食べ終え、私は荷物の整理をするため自分の部屋に入った。
「改めて見ても広いな……」
　きっとベッドがあったとしても広いと感じるその部屋は、十分すぎるくらいのスペースがある。
　とりあえず部屋の隅の床に荷物を置いた。
　なんか昨日から展開が早すぎて疲れちゃったな。
　だけどこの家で、これから私は上条くんとふたりで過ごすのだ。
　一昨日まで単なるクラスメイトだったのに、こうなることなんて誰が想像できただろう。
　先に荷物を全部整理し、どこに何があるのかをまずは把握した。そして明日の予習をしておこうと勉強机に向かい、椅子に座る。
　しばらくの間集中していたら、突然ドアのノック音が聞こえてきた。
「……はい」

上条くんかなと思い、返事をすればガチャリとドアが開いて。
「も、桃原さん！　大丈夫？　どこか具合でも悪いの？」
　開いたドアから、すごく焦った表情の上条くんが入ってきた。
「……え？　具合？　全然、大丈夫だよ」
　上条くんこそどうしたんだろう、と思っていたら私のそばまでやってきた。
「よかった！　なかなか部屋から出てこないから何かあったのかと思ったよ」
「え、あ……心配かけてごめんね、勉強してたの」
　まさか部屋で勉強しているだけで、ここまで心配されるとは思わなかった。
「……べん、きょう？」
　そんな私の言葉に上条くんは目を見張って驚いたかと思えば……。
「そ、そんな……俺は勉強に負けた？　桃原さんは俺との時間じゃなく、勉強を選んだなんて……」
　すごく落ち込んだ表情を浮かべた。
　勉強を選んだ？
　どうしてそこまで落ち込んでいるのだろう。
「あの、上条くん……。その、普通に勉強したいなって思っただけだから」
「俺と……俺と一緒にいたいって思ってくれなかったの？」
「え、あ、あの……」

そんな真っ直ぐに見つめられると、言葉に詰まってしまう。
「今は、各自部屋で過ごすのかなって……」
「違うよ、荷物の整理だけだよ！　その後はまたふたりの時間なんだ。お願いだから俺より勉強を優先させないで」
「ご、ごめんなさい……」
　申し訳なくなって、上条くんを見上げながら謝る。
　そしたら突然上条くんの手が頬に触れたかと思うと、そのまま両頬を包まれた。
　途端に熱くなる顔。
　だけど上条くんもまた、頬を赤らめていた。
「そんなにかわいく上目遣いしても騙されないからね。俺は悲しくて、もう……怒ってるんだ」
　怒ってる……？
　私、上条くんを怒らせちゃったの？
　だけど上条くんを見る限り、怒っている様子はない。
「あ、あの……本当に、ごめんなさい」
　それでも怒らせてしまったのなら、謝らなきゃいけない。
　私は素直に謝ると、さらに上条くんは頬を赤らめてしまう。
「……っ、ダメだ、かわいくて許すしかない。こんなの卑怯な技だよ、本当に……」
　そう言って上条くんのほうが、先に視線をそらしてしまった。
「上条くん？」

「もう、とりあえず俺の部屋に行こう」

　すると上条くんは私の腕を掴み、私を立ち上がらせた。

「えっ……？　あ、あの、上条くんの部屋に行くの!?」

　私は焦りながら上条くんに話しかける。そのまま引っ張られるから、自然と足が動くわけでついて行くしかない。

「そうだよ。何回も女の子の部屋に出入りするのもどうかなって思ったから、俺の部屋にソファを置いたんだ」

「ソ、ソファ？　でもリビングにもあったよ？」

　すでにソファが置いてあるってことは、私が上条くんの部屋で過ごすこともある前提だったってこと？

「何言ってるの？　リビングのような広い空間と、自分の部屋のような狭い空間でふたりきりになるのは感覚が違うだろう？」

　空間、感覚……？　あまりよくわからなかったけれど、きっと私の理解力が乏（とぼ）しいだけだろうな。

　でもなんとなく狭い空間のほうが緊張するのかな、とは思った。

　だって距離感が近い気がするし……。あ、もしかして上条くんはそのことを言っていたのかな。

　そんなことを考えている間に、上条くんの部屋の前に着き、ドアが開けられた。

　ど、どうしよう……。

　男の子の部屋に入るなんてなんか緊張する。

　ドキドキしながら部屋の中に入ると、そこは必要最低限の家具しか置かれていない、シンプルな黒い系統で統一さ

れた部屋だった。
　でもたしかに部屋には、ソファと小さな机が完備されている。
「これからは頻繁に俺の部屋、利用していいからね。やましいことなんて一切してないし。なんならスマホも見ていいよ？　菜穂以外の女の子の連絡先なんてひとつもないから。はい、どうぞ。ロックはかけてないよ」
　そう言って上条くんのスマホが渡される。
　えっ、これをどうしたらいいの？
「ダ、ダメだよ……！　他人のスマホ勝手に見たらプライバシーの侵害になっちゃうし、あの、別に女の子の連絡先あっても私は大丈夫だから……」
　慌てて上条くんに返そうとすると、複雑な表情をされた。
「桃原さん」
「は、はい……」
「もっと……こうさ、束縛とかしてくれないの？　桃原さんの愛を感じたいんだ俺は。ほかの女の子と話さないでって言ってくれたら俺、うれしくて多分泣く。いや、むしろ泣かせてほしい」
「え、えっと……」
　束縛って、してほしいものなの？
　千秋ちゃんがよく『束縛は面倒くさい』って言ってるんだけど……価値観の違い、なのかな？
　そもそも束縛ってなんだろう。
　あれ、どう返答すればいい？

上条くん、たまに反応に困ること言うから、なんて答えればいいのかわからなくなる。
　あっ、そういえば。
　千秋ちゃんが『お互いを信じていれば束縛しなくてもいい』って言ってたような。
「あ、あの……私、上条くんのこと信じてるから……。大丈夫だよ」
　だから千秋ちゃんの言葉を借りて、返答する。
　けど、上条くんはそんな私を見てまた固まってしまう。
　なんか今日、こういうことが何回もあったような。
「……上条くん？」
「……ありがとう。ありがとう桃原さん！　束縛もいいけど信じてくれるのもうれしいよ！　でもやっぱり欲を言えば束縛もしてほしい。そしたら俺も気兼ねなく束縛できるのに……」
　気兼ねなく束縛できる？
　よく理解できなかったけれど、上条くんがうれしそうだったから自然と笑顔になれた。
　よかった、喜んでもらえるような返答ができて。
「もー……、絶対意味わかってないよね？　そんなにかわいく笑ってさ。それとも何？　束縛して欲しいの？」
「え……？」
「ほら、やっぱりわかってないみたいだけどかわいいから許しちゃうよね」
　そう言って上条くんは私の腕を引き、ソファに座るよう

誘導した。
「おいで。ちゃんと距離空けずに座るんだよ」
　ひとり分の距離を空けて座ろうと思った私の心の内を読んだのか、上条くんは笑顔で言うものだから逃げられそうになかった。
　そして上条くんのすぐ隣に座ることになって、心が落ち着かなくなる。
「俺は桃原さんのことたくさん知ってるけど、桃原さんは俺のことあまり知らないでしょ？　だから知ってもらいたいなって思ったんだ」
　私が緊張してるのが伝わったのか、上条くんは落ち着かせるように優しく話してくれた。
　でも……。上条くんは、こんな地味な私の何を知っているの？
「で、でも、上条くんは人気者だから……。私のほうが上条くんのことをよく知ってると思う」
「絶対にそれはないね。だってどれだけ俺が桃原さんのことを好きなのか、絶対知らないよね？」
「いや、あの……」
　ここまで言われても、上条くんが私のことを好きだなんてやっぱり信じられない。
「何？　もしかして、まだ信じてくれてないの？　俺が桃原さんのこと好きだってこと」
　まさにそのとおりだったから、ギクリとしてしまう私。
　それを見た上条くんが、小さくため息をつく。

「どうして？　こんなにも表現してるつもりなのに。じゃあ、もっと伝えないとね」

　ため息をつかれ、呆れられてるのかと思い焦っている私を、上条くんは優しく抱き寄せる。

　ぴたりと密着するものだから、やっぱりドキドキした。
「でも、ゆっくりでいいか。時間はいっぱいあるんだし。焦らずゆっくりでいいから、俺のことちゃんと知ってよ」

　ただでさえドキドキしてるのに、上条くんは私の頭を優しく撫でるから、さらにドキドキしてしまう。

　今、上条くんは何を考えてるの？　なんて聞く勇気すらないから黙って頷くことしかできない。
「どうしたの？　もしかして、緊張してる？」

　上条くんはやっぱり鋭いのだろうか。

　さっきから私の心をすべて読み取っている。

　素直に頷けば、上条くんは私の緊張を和らげるようにして優しく微笑んだ。

「……かわいい。大丈夫、いつかは慣れるから」

　慣れる……？　本当に、慣れるのかな。

　上条くんの隣で、堂々とできる日は訪れる気がしない。
「あー、早く明日にならないかな。みんなに報告しないとね」

　すると突然、上条くんが驚きの発言をした。
「あ、あの……報告って？」
「そんなの決まってるだろう。俺たちのことだよ。ちゃんと婚約したって言って、桃原さんをほかの男たちから守らないと」

「だ、ダメ!!」
　学校のみんなに言うのはどうしても嫌だって昨日からずっと考えていたから、慌てて拒否する。
「……え？」
　すると今度は上条くんが目を見開いて驚く。
「あ、あの……学校では言わないで欲しいの。今までどおりの関係でいたくて……きゃっ!?」
　まだ話している途中なのに、上条くんが私の両肩を掴むものだから思わず変な声が出てしまう。
「どうして？　俺はずっとこうなることをみんなに報告したかったんだ！　じゃないと他の男が桃原さんを襲ってしまう。そんなの考えられない、もう俺のものだから、みんなに言っても別にいいよね？」
　今の上条くんはどこか取り乱していて、私の言うことを聞いてくれる余裕がないみたい。
　でも私だって自分の命のために、ここで引き下がるわけにはいかなかった。
「上条くん、お願い。どうしても言わなきゃダメなの？」
　これで無理と言われてしまえば、私の学校生活は終わったも同然だ。
　思わず泣きそうになる。
　それでも頑張って上条くんから目をそらさずに見つめていたら、先にそらされてしまった。
　もしかして、ダメってことじゃ……と不安になっていたら。

「……っ、それわざと？　そんなにもかわいくお願いされたらもう無理だ、俺が折れるしかない……。わかった、みんなに言わないから、とりあえず泣きそうにならないで」
「ほ、ほんと？」

　さっきまで涙があふれそうだったのに、とたんに安心感で笑顔になる。
「だけど条件付きね」
「条件？」

　たとえ条件が付いたとしても、学校でバレるよりはマシだと思った。
「うん。ふたりきりの時はお互い下の名前で呼び合うって条件。それでいい？」
「名前で、呼び合う……。名前……えぇ!?」

　ようやく理解した瞬間、思わず大きな声を出してしまった。
「そ、そ、そんなの恐れ多いよ！　私みたいな地味な人間が、か、上条くんのことを下の名前で呼ぶだなんて……」

　さすがに無理だ。ハードルが高すぎる。
「何言ってるの？　逆だよ。俺みたいな人間が天使のような天使の名前を呼べるんだ、このうえない幸せだよ」

　天使のような……天使？　やっぱり上条くんって、天然なのかな。

　天使、天使って連呼してる人、初めて見たから。
「いや、あの私のことは好きなように呼んでくれて大丈夫だけど……。私はその……、呼べない、です」

「それだと意味ないよね。じゃあ仕方ないな、みんなに婚約者だって報告して……」
「わ、わかった、から！　お願い、言うのだけはやめて欲しいの」
　また訴えるように上条くんをじっと見つめる。
「……っ、待って、だからそんな目で見ないでお願い、死ぬから、ごめん俺が悪かった。冗談だから、ね？」
「本当？　絶対に言わない？」
「うん、言わない。だからお互い下の名前で呼び合おうね」
　上条くんと、下の名前で呼び合う……悩んだところで選択肢はこれしか残っていなくて、受け入れるしかないのだ。
「うん……わかった」
「ありがとう。じゃあ早速、呼んでもいい？」
　呼んでもいい？って宣言されると余計恥ずかしくなってしまう。
　だから私は頷くと同時に俯くと、上条くんが小さく笑ったような気がした。
　そして私の頬にそっと触れ、耳元まで顔を近づけられて低い声で囁かれる。
「……菜穂」
　顔だけでなく、全身に熱が駆け巡るような、そんな感覚に陥る。
　さっきとは比べられないくらいドキドキして、鼓動が速くなり、ぎゅっと目を閉じた。
「……恥ずかしいの？　顔真っ赤だね、かわいい」

私の反応を見て、嬉しそうに笑う上条くんには余裕しか感じられなくて、私ばかりが心をかき乱されてる。
　　こんなにドキドキするのも、全身が熱を帯びるのも、初めてだ。
「次は、菜穂の番だよ」
　　上条くんはまた、慣れたように私の名前を呼ぶけれど私は慣れない。
　　どうしても恥ずかしさのあまり耐えられなくて首を横に振る。
「ダメだよ、約束したんだから。ほら、目開けて？」
　　優しく声をかけられるから、自然と上条くんの言葉に従ってしまう。
　　ゆっくりと目を開けて見上げてみれば、上条くんと視線が絡まりあって。
「……っ」
　　私のほうが恥ずかしいはずなのに、先に目をそらすのはやっぱり上条くん。
「あの、上条くん？」
「心臓に悪いね、これは……」
「え？」
「俺、今日で寿命が縮まったかもしれない。いつか本当に倒れて死ぬと思う」
「……上条くん、どこか悪いところあるの？」
　　今日だけでも上条くんは気絶する、吐きそう、死ぬっていう言葉を使っていたから、もしかして病気なのかな……

と心配になる。
「そ、そんなかわいい技を使っても今日はもう、騙されない、から……。でも、ダメだ、やっぱり目を閉じて」
　どうやら大丈夫そうな上条くんは、自分の片手で私の目を覆った。
　途端に視界が暗くなる。
「あ、あの……上条くん……」
「蓮、でしょ？」
「……っ」
「名前で呼んで？　俺のこと」
　目を覆われている状態だから、上条くんがどんな表情をしているのかわからない。
　けど、また声は落ち着いているように聞こえてきた。
　名前……蓮って、呼ぶの？
　そんなの無理だ。恥ずかしい。
　なら……蓮くん？
　それでも十分恥ずかしいけど、そう呼ぶしかない。
　恥ずかしすぎて上条くんの顔を見れないから、手を離されたら困る。
　だから私の目を覆っている上条くんの手の上に自分の手を重ね合わせ、名前を呼んだ。
「……れ、蓮、くん……」
　その瞬間、さっきよりもさらに顔が熱くなる。
　もう心臓もばくばく状態でうるさい。
　思わず上条くんの手に重ね合わせた手に力が入ってしま

う。
　頑張って呼んでみたのはいいけれど、上条くんからの反応はない。
　かといって手を離してもらったら困るから、上条くんの顔も見れない。
　気持ち悪がられていたらどうしよう。
　悪いほうへ考えてしまう。
　すると、ようやく上条くんが口を開いてくれたのだけれど……。
「この気持ちを、俺はどこへぶつければいい？　普通にダメ、これはもう無理……。絶対殺しにかかってる、うん、凶器だこれは」
　何を言ってるのかさっぱりわからない。
　けど言葉的にマイナスのものばかりだから、やっぱり嫌だったのだろう。
「あ、あの……。ごめんね、気分悪くしたよね」
「……え？　何言ってるの？」
「え、違うの？」
　じゃあどういう意味だったの？
　わけがわからなくなっていると、上条くんが急に私の目を覆う手を離した。
　上条くんの言葉でつい気が抜けていた私は、手の力を緩めていたため、彼の手が簡単に離されてしまったのだ。
　かと思えばすぐ、片手を背中に回され抱きしめられる。
「か、上条くん？」

「ちゃんと名前で呼んで?」
「……れ、蓮くん」
　ダメだ、やっぱり恥ずかしい。
　これからずっとそう呼ばないといけないだなんて、ハードルが高すぎて厳しいな。
「……かわいいね、どうしたの?」
　そんな私の反応を見て、かわいいと言ってくれるのは上条くんの優しさだろう。それしか考えられなかった。
「あの、どうしていきなりこんなこと……」
「菜穂のすべてが愛しかったから、かな」
　すべてが愛しい……?
　愛しいって、どういうことなんだろう。
　やっぱり私って疎（うと）いんだなと、改めて感じさせられる。
「毎日こんな風に過ごせるなんて幸せ者だ、俺」
「で、でも……本当に私でいいの?」
「もー、その言葉、何回言うの?　菜穂しかダメなの」
　そう言って上条くんは私の頭を撫でる。
　その言葉に少なからず安心した私は、そっと上条くんに身を任せた。

　それから夜になり、夜ご飯を食べてお風呂も入り終え、そろそろ寝る時間になった頃。
　私は明日、上条く……いや、蓮くんと私のお弁当を作ろうと思い、早めにスマホのアラームをセットした。
　おかずはもちろんバラバラにしないといけないし、蓮く

んのお弁当なんだから質素なものなんて作れない。
　だから気合いを入れないといけないため、さらに早い５時にセットし直す。
「菜穂」
「は、はい！」
　リビングのソファに座っていた私の隣に、蓮くんも並んで座る。
　夜になると不思議と蓮くんの雰囲気が一段と落ち着いていて、大人びて見えた。
　もしかしたら、お風呂に入ったから色気が増したとか……？
　そんなことってあるのか、わからないけれど。
「そろそろ寝る？　眠たいよね、無理して起きてるとかじゃない？」
　私の睡眠のことまで心配してくれる蓮くん。
　どこまでも優しい人なんだなって、今日一日でたくさん知ることができた。
　だから人気者なのだ。
　周りを見て気配りもできるし、優しいし。
　いつも笑顔で嫌な顔ひとつしない。
　そんな蓮くんだから、みんな頼ってる。
　信頼してるんだ。
「……うん、違うよ。でもそろそろ寝ようかな」
「そうだね、明日から学校だし」
「……あ、そういえば。駅ってこの家から何分くらいかか

るの?」
「……駅?」
　忘れてた。
　つい、家からの通学時間でアラームをセットしていたからだ。
「どうして知りたいの?」
　蓮くんは目を丸くして私を見ている。
「どうしてって……明日のため、だから?」
「え? 何言ってるの? 明日からずっと車だよ。今日乗ってきた車に行き帰り乗るんだよ」
「え……?」
　今日乗ってきた車って……あの高級車!?
「そ、そ、そんな! 私は大丈夫だから! 蓮くんだけ乗ってください!」
「ダメだよ、そんなの。ちゃんと学校の手前の、ひと気がないところで停めてもらうから。ね?」
　それも重要なことだけれど、いちばん気になっているのはこんな私が乗るべきじゃないということだ。
「いや、あの、本当に大丈夫!」
「本当に気にしないで。　登校も菜穂と一緒だって考えたら、俺はうれしくて朝から頑張れるんだ。だから逆にお願いしたい。俺と一緒に行こう?」
　うっ……!
　そんなふうにお願いされたら、断りにくい。
　まっすぐな眼差しで蓮くんが見つめてくるから、そらす

ことなんてできなくて。
「……じゃ、じゃあ…お願いします。ありがとう」
　お言葉に甘えることにした。
　でも本当にいいのかな。
　気をつかわせてしまったのかもしれない。
　少し不安に思っていたら、蓮くんがうれしそうに笑う。
「ありがとう。じゃあ寝室に行こうか」
　そう言うと、なぜか蓮くんは私の手を引いた。
「はい、どうぞ」
　３階に上がり、手慣れた様子でドアを開ける蓮くん。
　頭を下げてお礼を言い、私が先に部屋の中に入る。
　そこまではよかったのだけれど……。
　ちらっと蓮くんを見てみれば、ドアの前で立ったまま、中に入ろうとしない。
「あ、あの……蓮くんは寝ないの？」
「ううん、寝るよ。でも心の準備をしないと菜穂と一緒になんか寝れない。だから先に寝てていいからね」
　心の準備……？
　寝るだけなのに心の準備が必要なの？
「それだと寝る時間、遅くなっちゃうから……蓮くん、一緒に寝よ？」
　すると、突然、蓮くんは固まってしまう。
　と思ったら何も言わずに部屋から出てしまった。
　無視されたのかと心配になり、私も後を追うようにして部屋を出る。

蓮くんはドアのすぐ隣の壁に手をつき、うなだれていた。
「かわいい……無理死ぬ、かわいい、やばい、かわいい」
　そして何やらブツブツ呟いていた。
「あの、蓮くん……？」
　正気じゃないように見えたから名前を呼べば、はっとして私のほうを向く。
「だ、ダメだよ！　どうして来たの？　お願いだからこれ以上、俺を追い詰めないで」
　蓮くんはそう言って一歩、また一歩と後ろに下がる。
「えっと……大丈夫？」
「大丈夫じゃない。菜穂がかわいすぎてもう限界だ。このまま階段から落ちたほうが楽かもしれない」
　どうしてそこまで追い詰められてるのか。
　理由ははっきりしないけれど、今の蓮くんの言葉は一大事だ。
「ダ、ダメ！　階段から落ちたら怪我しちゃう」
　打ち所が悪かったら軽い怪我ではすまなくなるかもしれない。
　慌てて蓮くんに近づき、スウェットを掴む。
「……菜穂」
「どうしたの？　何が蓮くんを追い詰めてるの？」
「……お願いだ、俺のことを一発殴ってほしい」
「……え」
　一発殴って？
　殴ってって、言ったよね？

予想外の言葉に、目を見開いて蓮くんを見上げることしかできない。
「ほら、気にしないでいいから早く。じゃないと耐えられない」
　さっきから蓮くんは自分を傷つけることしか言っていない。
「ちゃんと……体は大事にしてほしいよ。だから、ダメ。ほら、早く寝よう？」
　そう言って少しスウェットを引っ張ると、私について来てくれる蓮くん。
　もしかして、わかってくれたのかな？
　ちらっと蓮くんを見ると、頬を赤く染めながら、恥ずかしいのか、私から顔が見えないようにしていた。
　どうして頬が赤いんだろう。
　照れてる、のか……それとも暑いとか？
　けど今は6月に入ったばかりだ。
　まだそれほど暑くはない。
　そしてふたりで寝室に入り、蓮くんがドアを閉めた。
　密室にふたりきり。
　しかもダブルベッドのある寝室で。
　そんなの緊張しないはずがなかった。
　ドキドキするけれど、一緒に寝ようと言ったからには逃げられない。
　だけど先に寝るのもどうかと思い、固まっていると蓮くんがベッドに腰掛ける。

「ねぇ、菜穂。お願いがあるんだ」
「お願い?」
　何を言われるのか想像もつかないけれど、今の蓮くんはなんだか疲れているような気がして、お願いはなるべく素直に聞こうと思った。
「うん、菜穂を抱きしめて寝たい」
「……へ?」
　あまりにも驚いたから思わず変な声が出てしまう。
「だから、菜穂を抱きしめて寝たい。いい?」
「え、あの……きゃっ」
　私が返事をする前に、蓮くんは私の腕を引くからバランスを崩して蓮くんの胸元に倒れこんでしまう。
　慌てて謝ろうとしたけれど、その前にぎゅっと抱きしめられた。
「1日目から本当に幸せいっぱいだったよ、ありがとう」
　蓮くんはそう言って、ベッドに横たわったまま私を抱きしめながら、優しく私の頭を撫でる。
　ダメだ、今日一日、蓮くんにこうして触れているだけで落ち着くっていうか……このままでいたいなって思うようになってしまった。
「私も、最初は緊張してたけど……蓮くんのおかげで楽しかった。ありがとう」
　今朝はあんなに緊張していたのに、今は蓮くんと一緒にいて落ち着くだなんて、本当に不思議。
　今だって安心感で、さらに眠たくなってしまった。

「明日は無理して早起きしなくていいからね。おやすみ、菜穂」
「うん……眠たくなってきちゃった……。おやすみなさい」
　ここで睡魔に負けてしまい、抱きしめられた状態で私は意識を手放してしまった。

　今日一日、たしかに楽しかった。
　だけど明日から、私と蓮くんの戦いが始まることになる。

私と彼の戦い

暖かい何かに包まれ、意識がふわふわとしている。
「菜穂、朝だよ」
　誰かの声が聞こえてきた。
　その声の主を確認するかのように、私はそっと目を開けた……。
「あ、起きたね。おはよう、菜穂」
　視界に映ったのは、私を覗き込むようにして見ている、これでもかというくらい朝からかっこいい蓮くんの顔。
　一瞬、どうして蓮くんがいるのかわからなくなった。
　そうだ、私たち昨日から一緒に住みはじめたんだ。
　すっかり寝ぼけて忘れてしまっていた。
　それにしても……なんで私は蓮くんに起こされているの？
　アラームセットしたはず……もしかして!?
　慌ててスマホを確認する。
　時間はまだ余裕があるが、アラームがセットされていなかったという事実に気がついた私。
　最悪だ……確かにセットした記憶があるのに、どうして？
「あ、アラームは昨日の夜に消しておいたからね。菜穂、早く起きようとしすぎだよ」
「……えっ？」
　自分の馬鹿さ加減に呆れつつ起き上がろうとしたら、蓮くんにそう言われて固まってしまう。
　今、なんて……？

夜に、アラームを消した？
「ど、どうして？」
「俺はね、菜穂の考えてることはすべてわかるよ。早起きしてお弁当を作ってくれようとしたんだよね？　それも、ふたりのお弁当の中身を別々にして」
「え……」
　ほとんど合っていたため、言葉が出ない。
「ひとつだけ、言い忘れてたんだけどね。俺、みんなに言わないと約束はしたけど、全力でにおわせにいくから。それを阻止できるかどうかは菜穂次第だよ？」
「におわせ……る？」
　それって、結構危険なことじゃ……。
「も、もしそれでどういう関係か聞かれたらどうするの？」
「嘘をつくのはよくないからな。その時はちゃんと言うよ。菜穂は俺の婚約者だよって」
「……っ!?」
　それは一大事だ。まさかそんなことを蓮くんが考えていたなんて、思いもしなかった。
「今日は俺の勝ちだよ。ちゃんと同じお弁当作ったからね。なんならお弁当箱も色違いだよ。あと水筒はね、ふたつ並べるとひとつの絵柄になるペアなんだ」
　え、ちょっと待って……朝だから頭の回転が遅いけれど、危険な状況だということくらいはわかる。
　今さらどうにもできないけど、とりあえず起きようと慌てる。

だけど慌てれば慌てるほど、布団が絡まってうまく起き上がれない。
　ひとりであたふたしていると、突然ふわりと自分の体が宙に浮いた。
「自分で起き上がろうとしなくていいよ。俺が運ぶから」
　もしかして私、蓮くんにお姫様抱っこされてる…!?
「……っ、あ、あの……蓮くん！」
　さすがに恥ずかしい。お姫様抱っこだなんて。
「どうしたの？」
「私、重たいだろうし、おろしてほしい！」
「これのどこが重たいの？　軽すぎだよ、ちゃんとご飯食べてた？　ほら、動かないで俺に捕まってて」
　最初は抵抗したけど、変に暴れると逆に蓮くんの負担になるから諦めておとなしくする。
　結局そのままリビングまで運ばれ、椅子の上におろされた。
　テーブルの上を見れば、オムレツにトースト、色鮮やかなサラダなど豪華な朝食が用意されていて。
　お弁当を作ってくれたうえに朝食まで……？
「れ、蓮くんはいったい何時に起きたの？」
「何時だろう……時計見てないからわからないな」
「わからない？　アラームで起きたんじゃないの？」
　なんだろう……。なぜか、嫌な予感がするのは。
「あの……昨日、ちゃんと寝た、よね？」
「そんなの当たり前だよ」

「私が寝てからすぐ寝た？」
「んー、夜は時間の感覚がわからなくなるからなぁ。少しだけ菜穂の寝顔見てから寝たよ？」
　曖昧(あいまい)に話す蓮くんはたぶん誤魔化してる。絶対少しじゃない。
「ねぇ、蓮くん。本当に寝た？」
　もう一度蓮くんをじっと見つめて聞くと、パッと顔をそらされた。
「少しは寝たと思うよ。でも、まあ……ほとんど菜穂の寝顔見てたかな」
　やっぱり！
「そ、そんなことしてたら睡眠不足で倒れちゃうよ！」
　朝だって絶対早起きしてた。
　それにほとんど私の寝顔見てたって！
　恥ずかしさのあまり、顔が熱くなる。
　絶対に顔が真っ赤だ、今の私。
「大丈夫。菜穂の寝顔がかわいすぎて眠たくなかったんだよ」
　そうは言っても体は限界のはず。
「今日絶対に家帰ってきたらお昼寝するんだよ？　約束だからね？　私、蓮くんが寝るまで見張っとくからね！」
　じゃないと睡眠不足で倒れてしまう。
「……好き」
「えっ？」
　私の言葉に対し、蓮くんは返事をしないどころか、なぜ

か"好き"と言った。
「蓮くん、約束してくれる?」
　だから念を押すようにしてもう一度言う。
「もちろん!　見張るってことは、束縛ってことでいい?　俺を部屋から、なんならベッドから逃がしたくないって考えでいい?」
　な、なんでそんなにうれしそうなんだろう……。
　もしかして、あれかな。
　蓮くんって寂しがり屋なのかな。
　でも素直に言うのは恥ずかしいから、遠回しに一緒にいてほしいって言いたいのかな?
　それなら今の言葉も肯定するしかない。
「うん、そうだよ。だからちゃんと寝てね」
「……っ」
「えっ?　どうして泣きそうなの?」
　突然、目を潤ませながら、体も震わせた蓮くん。
「だって、束縛だよ?　菜穂からの……初めての束縛だよ?　こんなの夢みたいだ。菜穂が俺のこと見張るって、俺から離れないってことだよね?」
　あれ?
　喜んでるけど、喜び方がなんか……寂しがり屋じゃない?
　いや、もしかしたら隠してるかもしれないし。
　ここは寂しがり屋だと信じよう。
「じゃあ絶対約束守ってね?」

「もちろんだよ。うれしいなぁ早く夕方にならないかな。あ、その前にご飯食べないとね。菜穂、俺が食べさせてあげるよ」
「た、食べ……!?」

本気なのだろう、私の隣に蓮くんが座るから慌てて断る。
「だ、大丈夫……! 自分で食べられるから! そこまでしてくれなくても本当に大丈夫だから」
「ダメだよ。菜穂には俺がいないと生きていけないような人になってほしいんだ。だから思う存分甘やかしてあげるね、気をつかわずに甘えてね」

な、なんかすごいこと言わなかった?
「あ、あの……」

とにかく本当に食べさせようとしてくるから、慌てて蓮くんの手首を掴む。
「ダ、ダメだから……。本当にひとりで食べるから……作ってくれただけでもうれしいの、ありがとう。明日は私が作るね」
「……いいから、菜穂は何もしないで。でもそのまま手首は掴んでてほしいな」
「……え?」
「ずっと掴んでてほしい。ああ、なんなら抱きついてきてほしい」
「え、あの……」

なぜか危険な予感がしたから、蓮くんの手首を掴んでいた手を離す。

すると、とてつもなく悲しい顔をする蓮くん。
「どうして？　俺のこと、嫌いなの？」
　その声もどこか悲しそうだから、罪悪感が湧いてきた。
「き、嫌いじゃないけど……」
　好きと言うべきなのかもしれないけど、その感情はあまりわからないから言えなかった。
「嫌いじゃないだけ？」
　言葉を濁したから、蓮くんにさらに深く聞かれてしまう。
　どうしよう……。ここは本当のことを言うべきかな。
「……あの、ごめんね。私、好きとかそういう感情よくわからなくて……」
　蓮くんをまっすぐ見れず、顔をそらす。
「そっか……。じゃあ、お互い初恋相手になれるね」
「えっ？」
　聞き返そうとしたら、突然蓮くんに肩を抱かれる。
　ぐっと引き寄せられたかと思うと、耳元で甘く囁かれた。
「必ず俺のこと、好きになってもらうからね」
　いつもどおりの口調だけれど、声は低く落ち着いていて。
　真剣な感じが伝わってきた。
　耳元で囁かれただけなのに、ドキドキして変な感じ。
「じゃあ食べよっか。朝は諦めるね」
「諦める？」
「菜穂に食べさせるの。晩ごはんは食べさせたいなぁ。あ、なんならお昼でも」
「大丈夫！　ひとりで食べれるから！」

私を赤ちゃん扱いしないでほしい。
　食べさせるって、想像しただけで恥ずかしすぎる。
「どうして？　そんなに拒否しないでよ。でも、恥ずかしがってる姿もかわいいからどうしようもないね、本当」
　そう言って蓮くんは立ち上がり、私と向かい合う形で前の席に座った。

　朝ご飯を食べ終えた後、学校へ行く準備をする。
「……よし、できた」
　そして私は今、洗面所の鏡の前に立っていた。
　一昨日、お母さんに髪をいじったほうがいいと言われたから、一昨日と同様コテで髪を巻いてみたのだ。
　一昨日はお母さんがやってくれたけれど、今日は自分でやったからうまくいくか心配だったのだが、思ったよりうまくカールがかかってくれた。
「変じゃ、ないかな……」
　少しでも地味さがマシになっていたらいいなと思っていたら、閉めていた洗面所の扉越しに蓮くんに声をかけられる。
「菜穂、もう着替えた？　開けても大丈夫？」
「あっ、うん！　大丈夫です」
　制服自体はもう着替え終わっていたから、慌てて返事を返す。
「じゃあ開けるね？」
「うん……！」

肯定の返事を聞いた蓮くんが、ゆっくり扉を開ける。
　蓮くん、私を見て何か思うかな？と、少しドキドキしていたら、扉を開けた彼と目が合った。
「…………」
　だけど蓮くんはその場で固まり、何も言わずに黙ってしまう。
　いきなりこんなイメチェンみたいなことしたら、調子に乗ってるとか、似合わないって思われるに決まってるよね。
　少しでも好反応を期待した自分が恥ずかしくて、髪を全部濡らしてしまいたい気持ちに駆られた。
「お、おかしいよね、いきなりこんな……」
「な、菜穂……」
　いてもたってもいられなくなった私は、笑ってその場を乗りきろうとしたら、蓮くんに名前を呼ばれた。
　私の名前を呼んだ蓮くんは、まるでふりしぼるような声をしていた。
「蓮くん？」
「どうして……？」
「えっ？」
「どうして自分からかわいさを見せつけるようなことするの？　ねぇどうして？　昨日、菜穂のかわいさは俺だけが知っていたらいいって言ったよね!?」
「あ、あの……蓮くん」
　蓮くんは語尾を強め、私に近づいて髪に触れる。
「もうかわいすぎて無理だ、こんな子外に出したくない。

絶対男に狙われる、もう今日は俺の腕の中に閉じ込めていい?」
「と、閉じ込める……?」
「今日は学校休もう、それが一番いい」
「休むのはよくないよ。一緒に学校行こう?」
　どうして休みたいのか理由はわからなかったけど、無理に聞くのもよくない。
「……菜穂、俺と一緒に学校に行きたいの?　俺がいないと無理ってことでいい?　いや、そういうことにするからね!　菜穂、今日も一日頑張ろう!」
「わっ……」
　蓮くんの話を聞いていたら、突然ぎゅっと抱きしめられる。
「あー、離れたくない」
「で、でも迎えの人が来ちゃうんじゃ……」
「ああ、多分もう来てるよ」
「え……!?　なら早く行かないと!」
「嫌だ、菜穂を離したくない」
　頑張って蓮くんを説得しようと思ったけど、なかなか離してくれなかった。

「蓮様、桃原様、おはようございます」
「おはようございます……!　あの、遅くなってしまいすいません」
「そんなことはお気になさらないでください」

結局、家を出る時間が遅くなってしまい、多分執事さんを相当待たせてしまったと思う。
　急いで謝るけど、執事さんは穏やかに笑うだけで本当に気にしていないようだった。
　そして昨日と同じ大きなリムジンのドアを執事さんが開け、「どうぞお入りください」と促される。
　まさかこんな贅沢な登校ができるなんて、想像もしていなかった。
「菜穂、入らないの？」
　固まる私に後ろから声をかける蓮くん。
　そうだ、私が乗らないと蓮くんも乗れないのだ。
　そう思った私は慌てて広い車内に乗り込み、昨日のように蓮くんと隣同士で座った。
　今日は蓮くんとの関係がクラスメイトから婚約者に変わって、初めての学校。
　少し緊張しながらも、お弁当と水筒の件をバレないようにどう回避しようかということで、頭の中がいっぱいだった。

「じゃあ俺はこっちから行くから、菜穂は向こうの道を通ってね」
　車が止まると、駅の近くだけど人がほとんど通らない場所におろしてもらった。
　そして私は駅からの道を歩くように言われたのだ。
「でも、蓮くん遠回りになるんじゃ……」

「気にしないで。そんなに距離は変わらないし」
　蓮くんは駅から学校への裏道を通って遠回りしてくれるらしく、申し訳なくなった。
「やっぱり私が……」
「いいから。早く行って。じゃないと手をつないで一緒に登校しちゃうよ？」
「そ、それはダメ！」
　そんなことされたら一大事だ。
　ここは素直に甘えさせてもらい、私は毎朝歩いている駅からの道を通るため少し歩く。
　そして蓮くんはその途中で曲がり、これから私たちは婚約者からただのクラスメイトの関係へと変わった。
　ひとりで歩く、学校までの道。
　昨日のほとんどは蓮くんと過ごしていたから、一人なのが変な感じ。それに……。
「なぁ、見ろよあの子、かわいくね？」
「あんな子いたっけ」
「転校生かな？」
「かわいらしい子だね！」
　さっきから同じ学校の生徒にチラチラ見られてる、気がする。
　自意識過剰かもしれないけど……いや、きっとそうだ。
　前髪を切ったせいで視界が明るく広くなったのだ、原因はそのせいということにしておこう。
「……えっ!?　菜穂！」

突然、誰かに名前を呼ばれて驚く。
　顔を上げてみると、私の少し前に自転車に乗った千秋ちゃんが私のほうを振り向いて驚いている。
「あ、千秋ちゃん！　おはよう」
「おはようって……、菜穂、その髪どうしたの？」
「えっと、髪型変えてみたんだけど、変……だよね、あはは」
　やっぱり指摘されてしまうと恥ずかしい。
「何言ってんの！　めちゃくちゃかわいいから、それ！　絶対前髪で目を隠さないほうがかわいい！　髪も巻いてて本当に似合ってる！　え、菜穂かわいすぎ！」
　そんな私の心を読み取ってくれたのか、千秋ちゃんは気をつかってかわいいと言ってくれた。
　やっぱり優しいな。
　それから千秋ちゃんと一緒に学校へ行き、廊下でさよならをする。
　そして私は自分の教室に入れば……。
「……菜穂ちゃん!?」
「どうしたの！　すっごくかわいいね」
「え……？」
　いつも一緒にお弁当を食べているグループの子たちが私の周りに集まってきた。
　ど、どういうこと？
「今の髪型のほうが似合ってるよ！　なんか小動物みたいにふわふわしててかわいい！」
　普段されたことのないハグまでされて、戸惑ってしまう。

「今までこんなかわいさ隠してたなんてもったいない！」
　みんなしてかわいいかわいいって……。もしかして、それって私のことなの？
　そんなはずがない。冗談だ、きっと。
　変な髪型だけど、みんな優しいからフォローしてくれてるんだ。
　だけどなかなか私から離れてくれなくて、囲まれたままの私は困っていた。
　だって普段は隅っこにいるから、こうやって注目されるのに慣れてない。
「おい、邪魔」
　突然、超がつくほどの不機嫌な声が後ろから聞こえてきた。
　思わずそこにいた全員が肩をビクッと震わせる。
　振り向けば……。
　ヘッドフォンをつけた男の子が、ドアの前に立っていた。
　きっと私たちが邪魔で中に入れなかったのだろう。声だけでなく明らかに不機嫌そうな表情を浮かべていた。
　彼の名前は秋野悠介くん。
　見た目は蓮くんに負けず劣らず整った容姿だが、一匹狼で誰とも仲良くしようとせず、いつもひとりで行動しているから誰も近づけない。
　蓮くんが明るく爽やかなイメージだとしたら、秋野くんはクールで落ち着いたイメージだ。
　秋野くんはお昼もひとりで食べていて、その時は必ず

ヘッドフォンをつけていた。
　かっこいいと騒がれている反面、みんなから恐れられている。
　実は私もそのうちのひとりで、怖いと思ってもいるけど、尊敬もしていた。
　だっていつも堂々と誰ともつるまずにひとりで行動してるから。
　私は周りばっか気にしてビクビクしてるけど、秋野くんは違った。
「ご、ごめんなさい！」
　秋野くんの不機嫌な声でみんな固まっていたから、私が謝って道を開ける。
　すると他の子も我に返ったようで、秋野くんが通れるように道を開けた。
　秋野くんは一瞬私を睨むような視線を向けた後、無表情で歩いて自分の席についた。
「……何あれ、めちゃくちゃ不機嫌じゃん」
「あそこまで怒る必要なくない？」
「かっこいいけど本当に容姿だけだよね、損してる」
　さすがに言い過ぎなんじゃ……と思ったところで何も言えない私はやっぱり弱虫だ。
　微妙な空気が流れるなか……。
「あれ？　どうしたの？　何かあったの？」
　聞き慣れた声が、私の耳へと届いた。
　間違いない……蓮くんだ。

「あっ、上条くん！　なんでもないよ」
「おはよう！」
　あの微妙な空気が一瞬にして温かくなり、みんな笑顔で蓮くんに挨拶する。
　すごい……蓮くん効果は本当にすごいな。
「そっか、ならよかった。おはよう」
　蓮くんは屈託のない笑顔で挨拶を返すのだけど……その視線は明らかに私のほうに向いていて。
　ど、どうしよう！
　もう蓮くんの"におわせ作戦"が始まっているのだ。
「それより上条くん、見てよ。菜穂ちゃん、前髪切ったんだって！　髪も巻いててすっごくかわいくない？」
　ダメー‼っと叫びたくなったのだが、逆に怪しまれるからできるはずもなく。
　少し俯くことしかできない。
「うん、すごくかわいい。似合ってるね」
「そうだよね！」
「ほら、菜穂ちゃん。上条くんが言うんだから間違いないよ！」
　な、なんで……？　普通は私みたいな目立たない女が褒められたら、嫉妬とかして嫌だって思うものじゃないの……？
　そう思ったけどみんな笑顔だったから安心する。
　でも婚約者だって知られたら絶対終わりな気がするから、やっぱり何も言えない。

「桃原さん」
　その時、蓮くんに苗字を呼ばれてビクッとする。
　そっか、今はクラスメイトだから私も上条くんって呼ばないといけないんだ。
　そこは間違えずに気を引き締めようと思い、蓮くんのほうを向く。
「ど、どうしたの？」
「いや、思い切って髪型変えるほど、何かあったのかなぁって思って」
　ギクッと肩が跳ねる。
「あ、たしかにそれは思った」
「今までこんなイメチェンとかしたことなかったもんね」
　ここに来てピンチを迎える私。
　やっぱり蓮くんは頭の回転が速い。
　周りをどんどん巻き込んで私を攻めてくる。
　これは……どうしよう。
　適当に嘘を……適当に、あぁ、嘘なんてつけない！
「ご、ごめん！　私、1限目の教科書忘れちゃったから借りに行ってくる」
　最終的に逃げてしまったけど、こうするしか方法がない。
　それから後は、特に何か深く聞かれることはなく、なんとか切り抜けることができたみたいで安心した。

　お昼休み。
「あれ、菜穂のお弁当、いつもと系統違うね」

もちろん蓮くんのいる教室で食べられるはずがなく、今日は私から千秋ちゃんに一緒に食べて欲しいとお願いした。
　だから千秋ちゃんの教室で食べているのだが、早速お弁当のことを聞かれてしまう。
「そ、そう……かな？　ちょっと気分転換に……」
　蓮くんの手作りのお弁当だなんて言えないから、曖昧な返事で誤魔化すしかない。
　それにしても……すごい。
　どうしてこんなに立派なお弁当が作れるのだろう。
　卵焼きにハンバーグ、ほうれん草のおひたしに鮭のムニエルなど、色とりどりのおかずが入っていた。
　私自身、両親が共働きで忙しいから、いつも自分で作っていたけれど、ここまではさすがにできない。
　まず蓮くんは冷凍食品をひとつも使っていない。
　全部手作りだ。
　どれだけ時間をかけてくれたのだろう。
「なーんか……怪しい。菜穂から一緒に食べようって、私言われたことないし。絶対何かあったでしょ？」
　やっぱり私の様子がおかしいとバレたらしく、千秋ちゃんに言い当てられてしまう。
　もちろんギクッとしてしまった私。
「何があったの？」
「いや、あの……なんでもないよ……」
「何か隠し事してるのバレバレなんだから。早く言いなさ

い」
　言わないでって蓮くんにお願いしたのに、私がここで話してしまったら、元も子もない。
　そう思ったら言えなくて、言葉に詰まってしまう。
「あの、えっと……。いつか、必ず言うから。今はまだ、その……ごめんなさい」
　罪悪感が残るけど、仕方がない。
　何度も心の中で謝りながら、千秋ちゃんに伝えた。
「もー、気になるじゃない。絶対言ってよね？　そんなふうに前髪切って、かわいく見せるようにしたのも理由があるんだよね？」
　かわいく見せるって、そんなつもりはない。
「前髪は、その……。理由はあるけど、かわいく見せようとしたわけじゃ……」
「わかってるよ。でも本当にかわいいからね！　自覚してよ、ほんと」
　最終的には呆れられてしまうけど、千秋ちゃんは私が理由を話さなくても、それ以上、問い詰めることはしなかった。
　こんなにも優しい友達がいて幸せだなと思い、いつか千秋ちゃんにすべて正直に話したいと思った。

　お昼の後も、怪しまれることもなく、なんとか乗り切ることができた。
　そして帰りも行きに降りた同じ場所で迎えの車に乗り、

蓮くんと一緒に家に帰った。
　家に帰ってまず制服を部屋着に着替えて、今は蓮くんの部屋にふたりでいる。
「逃げるのは反則だよ、菜穂」
　ソファに座るなり、今朝の教室でのことを言われた。
「だ、だって……嘘なんてつけない、から」
　あの時は逃げるしか方法がなかったのだ。
「菜穂が嘘つけないのは知ってるよ。でも、だからって、逃げるなんてずるいよ」
　蓮くんは私を責めるような口調ではないため、怒ってはいないのだろう。
「でも、無理だよ。蓮くんの頭に勝てるわけない……」
　私って頭の回転も遅いし、理解力もないからきっと早々に蓮くんの婚約者であるとバレてしまう。
　なんでこんなにバカなんだろうと、終いには落ち込む。
「ほら、落ち込まないで。ごめんね、さすがに俺がやりすぎたよね」
　蓮くんは自分が悪いと勘違いしたのか、謝られてしまう。
「ち、違うよ……。蓮くんは悪くないから」
「いいや、全部俺が悪いんだ。ごめんね」
　私が否定しても蓮くんは自分が悪いと言い、私の肩をそっと抱き寄せる。
　一気にふたりの距離が縮まり、蓮くんの体温が感じられる。
　こうされるのが久しぶりな気がして、またドキドキして

しまう。
　私は抵抗しようだなんて思わず、おとなしく蓮くんに体を預けた。
「……あー、かわいい。ずっとこうしたかったんだ。学校の授業がとっても長く感じたよ。いつもなら授業中に菜穂のこと見ていたから全然苦じゃなかったのに」
「……えっ？」
　授業中に、私のことを見ていた？
「あの、蓮くん。私のこと、ずっと見てたってこと？」
「当たり前だよ、それだけが楽しみで学校に行っていたようなものだから」
　まさかそんなことを言われるだなんて、思いもしなかった。
「絶対に嘘だ」
「嘘じゃないよ、本当」
「だって、蓮くんいつも友達と楽しそうに笑ってて、私を見ている様子なんてなかったよ？」
「もちろん菜穂にバレないよう気をつけていたからね。楽しそうに見えたのは、きっと菜穂が同じ空間にいるだけでもうれしかったからかな」
　どうしても信じられなかったけれど、蓮くんを嘘つき扱いするのはよくないから、それ以上私は何も言わなかった。
「だから、今の俺がいるのは菜穂のおかげなんだよ。菜穂がいなかったら俺、どうなってたかわからないな」
「そ、そんな大げさなことじゃ……」

「本当だよ。初めて見た時、女神様が降臨したんだって思ったんだから」
「め、女神……!?」
　なんかだんだんと表現がすごくなってる気がする。
　天使から女神様になっちゃったよ。
　どうしたんだろう。
「早く卒業したい。婚姻届出したい。同じ苗字になりたい。菜穂のウエディングドレス姿、絶対誰よりも綺麗でかわいいだろうな……。だって天使であり女神様だし……あ、泣きそう」
「だ、大丈夫？　どうして泣きそうになるの？」
「菜穂のウエディングドレス姿を思い浮かべたらかわいすぎて」
　それが泣きそうな理由、なの？
　今日の蓮くんの表現力は、一段とすごい気がした。

強引な彼の嫉妬

それから2週間後。
　特に何事もなく……と言いたいところだけれど、何度も危ない場面に遭遇した。
　やっぱり蓮くんの頭の回転の速さには敵うはずもなく、その度にヒヤヒヤしたけれど、なんとかバレずに過ごせていた。
「おはよう、菜穂」
　そして今日もまた蓮くんに起こされる。
　今日こそは私が先に起きるって思ったのだけれど、やっぱり蓮くんのほうが早起きだった。
　それに蓮くんは、学校から帰ってきて私が「お昼寝してほしい」って言わないと、夕方に寝てくれない。
　なんなら私がそばにいないと寝ないって聞かなくて、結局私も一緒に寝てしまうことが何回かあった。
　たまに眠らずに済んだ時は私が晩ごはんを作るのだけど、蓮くんはなぜかすぐに起きてしまい、リビングに降りてきて真っ先に抱きしめられる。
『どうして菜穂がやるの？　俺がやるから』って毎回言われてしまうが、最終的には蓮くんに納得してもらい、一緒に作ったり掃除や洗濯をするのだ。
「ほら、勝手に降りようとしない」
「きょ、今日こそは自分で降りるよ！」
　そして寝室からリビングに降りる時は、毎回お姫様抱っこをされるのもお決まりで。
　やっぱり断わりきれずに、今日もまたお姫様抱っこをさ

れてしまう。
「また蓮くんに任せちゃったよ……」
　ずっと蓮くんばかり早起きしてるから、本当に申し訳ない。
　どうして蓮くんに起こされる前に、私は目を覚まさないのだろう。
「違うよ、俺がやりたいの。菜穂に負担かけさせたくないし、朝は得意だから」
「私だって朝は得意だからできるよ」
「ダメ。しんどいでしょ？　菜穂は俺にすべて任せてくれてたらいいの」
　しんどいって言っても、蓮くんのほうが断然しんどいはずなのに……。私はやっぱりダメだなって、何度も思ってしまう。
「そんな暗い顔しないで。暗い顔もかわいいけど笑顔もかわいいし……。とりあえず菜穂の全部がかわいいよね、うん」
「えっ、と……？」
　結局蓮くんは何を言いたかったのか、私にはわからなかった。
　だけど、慰めてくれてたのかな？
「とにかく今日も元気に行こうね。大好きだよ」
　蓮くんは微笑みながら私にそう言った。
　そして私たちは朝ごはんを食べ、今日もまた蓮くんの婚約者だとバレてしまうかもしれない危険と隣り合わせの一

日が始まった。

　思えば、ここ2週間でわかったことがある。
　蓮くんは『かわいい』『好き』『天使』が口癖らしいこと。
　私とふたりきりになると少し様子がおかしくなること。
　それでも蓮くんは勉強やスポーツだけでなく、料理や洗濯などの家事までも器用にこなす、完璧な人だということ。
　とにかく優しい人だということ。
　蓮くんはいつも何をおいても私のことを優先してくれるし、家事だって逆に私が困るくらい自ら進んでしてくれる。
　やっぱり蓮くんは、こんなどこにでもいるような私にはもったいない人だと思う。

「秋野、お前いい加減寝すぎだ」
　そして今は1時間目、数学の授業中なのだけれど、秋野くんが寝ていて先生に注意されていた。
　すると秋野くんは不機嫌なオーラを漂わせながら、ゆっくりと上体を起こす。
「眠気覚ましにこの問題解いてみろ」
　先生は黒板に難問を書いた。
　秋野くんは面倒くさそうに立ちながら黒板のほうへと歩く。
　緊迫した空気に教室は静まりかえっていたけれど、女の子たちはかっこいいとヒソヒソ会話をしながら、秋野くんの動きを目で追っている。

たしかにかっこいい。
どこか気だるそうに歩いている秋野くんだけど、スラッと長い脚がスタイルのよさを際立たせているし、本当に蓮くんと肩を並べるほどだ。
その時、黒板にチョークで文字を書く音が聞こえてきた。
なんと秋野くんは、難しい問題をすらすらと解きながら、解答を書き始めたのだ。
すごいなぁ、かっこいいし、頭もいい。
そういうところも、蓮くんと同じだ。
きっと蓮くんもこの問題、さらっと解けちゃうんだろうな。
「……正解だ」
秋野くんが解いた答えは合っていた。
それでも秋野くんは一切リアクションせず、無表情のまま席に戻った。
すごい……。
あまり賢くない私は、こういう難しい問題はいつも最初から捨ててしまうのだ。
やっぱり秋野くんも蓮くんと同じで遠い存在だなぁと思いながら、なぜか蓮くんの婚約者になった私は、不思議でならなかった。

放課後。
今日も何とか一日を切り抜け、安心しながら帰ろうと思い、教室を出た時。

「あ、桃原。ちょうどよかった」
　職員室に戻ったはずの担任の先生が、また教室へとやってきたようで、話しかけられた。
　嫌な予感しかしない。
「ど、どうしたんですか……？」
「実は今日、図書室の掃除にウチのクラスが当たっていてな。すっかり忘れていたから図書委員に連絡し損ねたんだ。だから桃原に頼みたくてな。いいか？」
　やっぱり雑用だ……。しかも図書室をひとりで掃除するなんて大変すぎる。
　でも断れない私。
「わかりました」
「本当か？　ありがとう。あ、そうだ、掃除はひとりじゃないからな。実はもうひとり、任せているから一緒にやってほしい」
　じゃあ頼んだ、とだけ言い残し、担任の先生は職員室のほうへ戻ってしまう。
　先生の姿が見えなくなったところで、私は図書室へと向かう。
「……あっ」
　その時、蓮くんのことを思い出した。
　今日は蓮くんのほうが先に教室を出て、車が停まってる裏道に向かっているのだ。
　このまま図書室の掃除をしていたら、絶対遅くなってしまうし待たせてしまうことになる。

だから私は慌ててスマホを取り出し、メッセージを送った。
【用事を思い出したから先に帰っててほしいです。ごめんね。】
　絵文字を使うのはどうかと思い、私は句読点だけ使って送ることにした。
　図書室なんてほとんど利用しないから緊張するなぁ、なんて思いながら、恐る恐るドアを開ける。
「……失礼、します」
　小さくそう言って中に入ると、驚くくらい静かだった。
「先生も、いない……？」
　誰もいないのかな、と思い、図書室を見回したその時。
「……っ」
　図書室に設置されているソファの上に座り、もたれるようにして眠っている男の子の姿が見えた。
　思わず息を呑むほどの、綺麗な寝顔。
　両耳にヘッドフォンをつけている。
　顔はよく見えないけど、それは間違いなく秋野くんだった。
　もしかして……先生が言っていたもうひとりって秋野くんのこと？
　すやすやと眠る秋野くんは起きる様子もない。
「うわぁ……すごくかっこいい」
　蓮くんの寝顔もすごくかっこいいし、思わず見とれてしまうほどだ。

蓮くんも秋野くんも寝顔までかっこいいなんて隙がない。
「……起こさないほうがいいよね」
　秋野くんは完全に夢の中のようだったので、掃除は私ひとりでやることにした。
　なるべく音を立てないように移動する。
　まずは順番がバラバラになっている本の整理をしようと思った。
　そういえば高校になってから本なんてほとんど読んでいないな。
　せっかくだし何か借りて読むのもいいよね、なんて考えながら整理をしていく。
「……おい」
　その時、不機嫌そうな低い声が、耳に届いてきた。
　思わず肩を震わせ声がするほうを向くと、そこにはつい先ほどまで寝ていたはずの秋野くんが不機嫌そうに立っていて。
　ヘッドフォンは、首元まで下ろされていた。
　も、もしかして起こしちゃったのかな。
「ご、ごめんなさい……。起こしちゃったよね」
「……」
「あの、えっと……。本当にごめんなさい！」
　何度も謝ったけど秋野くんからの反応はない。
　これは相当怒ってる？
　どうすることもできず半泣きになってしまう私。

ダメだ、ここで泣いたって意味がない。
　必死で涙をこらえて俯いていると、ようやく秋野くんが口を開いた。
「なんでお前が謝るわけ？」
「……え？」
　予想外の返事に思わず顔を上げると、視線が初めて交わった。
　すると目を見張る秋野くん。
「は？　お前、泣いてんの？」
「ち、違います……泣いてないです！」
　どうしても同い年とは思えなくて、敬語になってしまう。
「でも泣きそうな顔してるぞ。何かあったのか？」
「……え？」
　泣いたら絶対面倒くさいだろうし、うざがられると思っていたから、理由を聞かれて驚いてしまった。
「どういう表情だよ、それ」
　私が驚いたままでいるから、秋野くんが眉をひそめて聞いてきた。
「あ……えっと、ごめんなさい。私が音を立てて起こしちゃったのかと……」
「それが泣きそうになってた理由なのか？」
「怒らせちゃったのかなって……」
　私がそう言って、少しの間が空いた後。
「……ははっ、なんだよそれ。お前変な奴だな」
　不機嫌な表情から一変。秋野くんが……笑った。

「わ、笑った……」
「は？」
「あ、いや、ごめんなさい！」
　何失礼なこと言ってんだ私。
　秋野くんだって笑うに決まってるのに。
　でも、こんなにも子どもっぽく笑うなんて……。思わずかわいいなって思ってしまった。
「なんだよ、笑わない人間だとでも思ってたのか？」
　まさにそのとおりでギクリとしてしまうけど、首は横に振って否定しておいた。
「……お前って、マジで変な奴。たしか……桃原、だっけ？」
　合ってる？　と聞かれたけど、まさか覚えられてるとは思いもしなくて固まってしまう私。
「おい、どうした？」
　そもそも秋野くんってこんなにも喋(しゃべ)るんだ。
　失礼かもしれないけれど、無口な人だと勝手に思っていたから……やっぱり偏見ってダメだな。
「そうです、桃原です。よろしくね、秋野くん」
　覚えてくれていたことがうれしくて、自然に笑みがこぼれてしまう。
　それに、いつのまにか敬語を使わなくなっていた。
「……っ」
　うれしくて、つい笑顔でいたら秋野くんがプイっと顔をそむけた。
「……秋野くん？」

「そういえば、お前、何しに来たんだ？」
　ついでに話も変えられてしまった。
「あ……それはね、先生に掃除頼まれたから」
「は？　お前、掃除頼まれたのか？」
「……う、うん」
　でも、秋野くんも頼まれたからここに来たはずなのに、どうして驚く必要があるのだろう。
　気になったから聞いてみる。
「でも、秋野くんも頼まれたんじゃないの？」
「まあそうだけど、授業中寝過ぎだからその罰だと思えって言われて、面倒くせぇから寝てた」
「そ、そうなんだ……」
　それでも寝るのはよくないんじゃ……と思ったけれど、この広さをひとりで全部掃除するってなったら気が引けるのは確かだもんね。
「だからお前は巻き込まれた側だな。悪い、俺のせいで」
「え、えぇ!?　あ、謝らないで！　きっと秋野くんがいなくても頼まれてただろうし……私がやるから秋野くんは帰って大丈夫だよ！」
「……は？　お前、バカ？」
　秋野くんにバカと言われてしまった……。
「えっ、と」
「お前は何もしてないのにお前だけやるとか意味わかんねぇよ。このお人好し」
「で、でも……」

「いいから黙れ。お前は人に頼ることを知らねぇのかよ」

　黙れ……、黙れって言われてしまった。

　仕方なく口を閉じ、じっと秋野くんを見つめる。

　そもそも人を頼ったら、その人に迷惑かけてしまうからそんなことできない。

「……っ、こっち見んな」

「……秋野くん？」

　じっと秋野くんを見つめていたら、また顔をそむけられた。

　こっち見んなって言われちゃったよ……。やっぱり厳しい人なのかもしれない。

「じゃあまず何をやればいいんだ？」

　終いには背中を向けられてしまったけど、そう聞かれて素直に答える。

「本の整理をお願いします」

「わかった」

　まだ整理していない本棚のほうへと歩き出した秋野くん。

　本当にやってくれるんだ。

　この数分のやりとりだけで、ガラリと印象が変わった。

　まさか秋野くんとふたりきりで話す日が来るなんて思いもしなかったけれど、このことで秋野くんのことを少しは知ることができてよかったなって思う。

「イメージと違ったなぁ」

　ほぼ無意識に口からこぼれた独り言、だったのだけど。

「それって俺のことかよ」
　どうやら秋野くんの耳にまで届いていたらしい。
「うん、そうだよ。もっと怖い人だと思ってたの。でも優しい人だなぁって」
　失礼かもしれないけど、意外と話しやすかった。
「まぁ、いつも怖がられてるからな。それに比べてお前は俺にとって変な奴だから」
　へ、変な奴って……、さっきから何回も言われてるけどいい気はしない。
「そんなに私、変な人なのかな」
「なんか、他の奴とは違う。もっとビビリな奴だと思ってた」
「ひ、ひどい！」
　でも間違いではない。
　だって周りの視線が怖くて、いつも目立たないようにしていたから。
「だけど、秋野くんは私が尊敬してる人でもあるから。だから平気だったのかな……」
　最初こそ泣きそうになったけれど、秋野くんに声をかけられたおかげで収まったし。
　悪い人じゃないっていうのはすぐにわかった。
「尊敬ってお前……バカじゃねぇの？」
「バ、バカじゃないよ！　だって秋野くん、いつも堂々としてるから。周りの目ばっか気になる私とは違うなって……」
　羨ましかった。

ひとりになるのが怖い私からしたら、秋野くんの存在がすごいなって。
　周りに同調するのは正直疲れる時もあるし、それでもひとりは嫌だし……って考えを頭の中で繰り返して、結局今もグループの中に入れてもらってるようなものだ。
「堂々？　別に、そんなつもりねぇけど。誰かに合わせて行動するのが面倒くせぇだけ」
　それも恐れずにできるなんてすごい。
「ひとりでいるの、寂しくないの？」
「誰かといるほうが嫌だからな、特に女とかうるさいから話すのも無理」
　う、うるさいって……言い方がひどい。
　あれ、でも……。
「私は大丈夫、なの？」
　実は無理してるのかなって思った。
　それなら、これ以上はあまり話さないほうがいい。
　すると秋野くんからの返事が本棚越しに聞こえてくる。
「お前は平気。女として見てねぇだけかもな」
　そう言って、ふっと小馬鹿にしたように笑う秋野くんは、やっぱりひどい人だ。
「女子力がないのは知ってるよ……」
　だから心配なのだ。
　こんな私が蓮くんの隣にいていいのかって。
　せめて女の子として扱ってほしい。
　それだけ女子力がないだなんて、さすがにやばいと思う。

「もしかしてすねたのか？」
　からかいにきたのか、もう一度私がいる本棚に来た秋野くん。
「す、すねてない！」
　秋野くんに子ども扱いされ、完全に遊ばれてしまう私。
　秋野くんがこんなひどい人だったなんて！と、思ったその時。
　ガラリと図書室のドアが開く音がした。
　ドアのほうに視線を向けてみれば……。
「……あ、桃原さんいた」
　たしかにそこにはにこやかな蓮くんが立っていて。
「れ……か、上条くん！　どうしてここに？」
　危なかった！　つい、蓮くんって呼んでしまうところだった。
　秋野くんにバレてしまう。
「さっき先生が図書室の掃除を頼んだって言ってたから、手伝いに来たんだ」
　先生が言ってた？
　でも確かに蓮くんは先に教室を出ていた。
　もしかして、戻って来てくれたとか？
「先生もひどいよね、桃原さんひとりに任せるなんて。ふたりで早く終わらせよっか」
「……え？」
「は？」
　蓮くんは今はっきりと私ひとりって言った。

ってことは、もしかして……わざと秋野くんをスルーした？
「え、いや、あの……上条くん？」
「どうしたの？」
「私ひとりじゃなくて、秋野くんもいるよ？」
「……えっ」
　蓮くんは目を見張り驚いていた。
　どう考えても演技には見えなくて……。え、もしかして本気で？
「ここにいるよ、ほら」
　すぐ近くにいる秋野くんに視線を向けると、ようやく秋野くんを視界に捉えたらしく、蓮くんは固まってしまった。
　あれ……嫌な予感がする。
　蓮くんがフリーズしてしまったら、必ず何かあるのだ。
　この２週間でそれを学んだ。
　だから急いで話を変える。
「じゃ、じゃあ掃除お願いしてもいい？　ごめんね、お願いします！」
　慌ててほうきを持ってきて蓮くんに渡す。
　するとようやく動いてくれた蓮くんだけれど、その動きはどこかぎこちない。
「……なんなんだ、あいつ？」
　そんな蓮くんを不審そうに見る秋野くん。
　たしかにそう思ってしまうだろう。
　動きがロボットのように見えなくもない。

「ど、どうしたんだろうね……あはは。でも３人ならすぐ終わるから！」
「まあそうだけど……。上条が来るとは思わなかったな」
「や、優しいんだよきっと！　ほら、やろう！」
　まだ不思議そうに蓮くんを見るものだから、秋野くんを急かして本棚の整理を再開した。
　そしてまた、秋野くんは違う本棚に移動する。
　その時にようやくほっとひと息をついた。
　よかった……なんとかバレずに済んだ。
　だけど蓮くんにも掃除を任せてしまって悪いな。
　そう思いながら、本を整理していると……。
「桃原さん」
　秋野くんには聞こえないくらいの声で、蓮くんが私の名前を呼んだ。
　蓮くんが今どんな感情かわからないのだけど、なんとなく振り向くのは危険な気がした。
「か、上条くん……」
「どうしてこっち見てくれないの？」
　私が蓮くんの名前を呼べば、蓮くんが私の後ろにやってきて。
　そして本棚に伸ばしていた私の手の上に、蓮くんの手が重ねられた。
「えっと、あの……」
「……菜穂」
「……っ」

耳元で私の名前が囁かれた。
　思わず肩がビクッと跳ねた。
　顔が熱くなって、心臓がドキドキし始める。
「あの……秋野くんに、気づかれたら……」
「ダメだよ、他の男の名前を呼ぶなんて。それに、何勝手にふたりきりになってるの？　菜穂、悪い子だね」
　その声は低くて、落ち着いていて。
　もしかして、怒っているのかもしれない。
「ご、ごめんなさ……っ！」
　謝ろうとしたその時。
　突然耳に息を吹きかけられ、体がビクッと反応してしまう。
　たまたまじゃない。
　きっと、わざとだ。
　そしたら今度は耳たぶを舐められる。
「……ん」
　思わず声が出そうになると、蓮くんの手が私の口を優しく覆う。
　蓮くんから逃れたくて体を動かす。
　だけど蓮くんの右手が腰に回され、まったく逃げられないし動くこともできなくなる。
　その間にも舌を這わされ、身動きがとれず、全身がゾクゾクした。
　何……？　この感じ。
　恥ずかしさでいっぱいになる。

こんな感覚初めてで、どうしたらいいのかわからない。
「……んっ」
　ダメ、もうダメだ……。
　このままだと本当に秋野くんに見られてしまう。
　恥ずかしくて、でも動けなくて。
　なぜかじわっと涙がこみ上げてきた時。
　蓮くんがどこか楽しそうに笑い、ようやく解放してくれた。
　時間にしたらほんの少しなのだろうけど、とてつもなく長い時間に感じて。
　心臓がうるさいくらい暴れだす。
「菜穂は、俺しか見ちゃダメ。わかった？」
「……う、ん……」
　頷きながら、返事をすればようやく蓮くんが離れた。
「……いい子。菜穂は偉いね。早く終わらせて家に帰ろうか」
　ゆっくり蓮くんを見れば、余裕のある笑みを浮かべていて。
　やっぱり私は、蓮くんのペースにのまれてしまった。
　まだ顔が火照るなか、本の整理を再開したのだけれど。
「桃原？　顔赤いけど、熱でもあんのか？」
「いや、あの……全然熱なんてないよ！　このとおり元気だから！」
　どうやら秋野くんに指摘されるほど、顔が赤かったらしい。
　慌てて笑顔をつくり、元気なアピールをする。

「……本当に変なやつだな」
　でも逆にそれが不自然だったらしく、秋野くんが不思議そうな顔をしながら本棚へと視線を移した。
　あ、危ない……。
　変なやつだとは思われたけど、深く聞かれなくてよかったと安心した。
「……ふっ」
　ほっとひと息つき、ひとつとなりの本棚へ移動しようとしたら、一部始終を見ていたらしい蓮くんが私を見て柔らかい笑みを浮かべていた。
　見られていたのが恥ずかしくて、冷めはじめていた頬の熱がまたあがる。
　そんな私の反応に対して蓮くんは目を細め、口パクで『かわいい』と言ったあと、ほうきでまた床を掃きはじめた。
　あきらかに余裕が感じられる蓮くんに対して、私にはまったく余裕がなく、ドキドキしすぎて胸が少し苦しかった。

　その後、掃除を終わらせ、私たちは学校を後にした。
　秋野くんは自転車で先に帰っていった。
　同じ学校の生徒は周りにいなかったから、私と蓮くんは並んで歩くことにした。
　私は図書室でのことが頭から離れなくて。
　たしかにあの時の蓮くんは、いつもの優しい表情ではなく、"男の人"の表情をしていた。

「菜穂？　ほら、着いたよ」
　ずっと考え事をしていたから、蓮くんに声をかけられてもすぐに気がつかず、肩を叩かれてはっと我に返る。
「ご、ごめんね！　ぼうっとしちゃってた」
「ううん、何でもない。気にしないで。どうぞ」
　優しく笑って車のドアを開ける蓮くんは、図書室にいた時とは別人で、もういつも通りに戻っていた。
「…………」
「…………」
　でも、いつもは車に乗った瞬間、口を開く蓮くんが今日は何も話さない。
　もしかしてまだ怒ってるのかな？
　だけど怒っている理由がわからなくて。
　もしかして、せっかく待っててくれていたのに、私が掃除を頼まれたせいで時間を無駄にしちゃったから怒ってるのかな……。
　原因はよくわからないけれど、私が蓮くんを怒らせてしまったのは間違いなかった。
　結局ひと言も話さないまま家に着いた。
　いつも送り迎えをしてくれる執事さんにお礼を言い、今日もまた家の中へと入る。
　だけどその間も沈黙が流れていて、私は泣きそうになった。
　泣いてすむわけじゃないから我慢するけれど、じわじわと涙がこみ上げて視界がにじむ。

そしてリビングに入った時、限界がきた私は蓮くんのシャツを掴んだ。
「……蓮くん、ごめんなさい……。私が、蓮くんの時間を無駄にしちゃって……ごめんなさい、怒らないで……」
　ずっとこらえていた涙が溢(あふ)れてしまう。
　俯いて涙を見せないようにするけれど、涙は溢れるばかりできっとバレバレだ。
　どうしようかと思っていたら……。
「……ど、ど、ど、どうして泣いてるの？　なんで謝るの？　いったいどうしたの？　俺のせい？　俺の存在のせい？　ご、ご、ごめんね……。お願い泣かないで、菜穂を泣かせたなんて俺はなんてこと……！」
「……へ？」
　突然蓮くんが焦り出した。
　思わず顔を上げて蓮くんを見ると、蓮くんは私を見て固まってしまう。
　そして……そっと私を引き寄せ、ぎゅっと抱きしめた。
　それがなぜだかうれしくて、ドキドキして。
　安心感もあって、でも、涙は止まらない。
　今日はぎゅっと、私も抱きしめ返した。
「……っ、何、どうしたの？　抱きしめ返してくれるなんて、初めてだ。今日は記念日だよ菜穂、本当にかわいいね」
　蓮くんは抱きしめながら、私の頭も優しく撫でてくれる。
「蓮くん、怒ってないの？」
「え？　怒ってないよ？　どうしてそう思ったの？」

「だ、だって……帰りの車の中でもずっと黙ったままで、まったく話してくれなかったから……」
「ああ、それはね、我慢してたんだよ」
「我慢？」
「図書室で、菜穂が顔を赤くしながら必死で恥ずかしさを我慢してる姿がかわいくて、頭から離れなくて……どうにかなりそうだったんだ」
「……っ!?」

　怒っていないのはわかったけれど、理由を聞いてしまえば恥ずかしさで顔が熱くなる。

　でも、よかった。

　怒らせて嫌われちゃったらどうしようって思ってたから。
「……よかった」

　ぎゅっと、抱きしめる力を強める。
「そんなに不安だったの？　不安にさせてごめんね。そんなつもりはなかったんだよ、でも他の男とふたりきりになるのはもうダメだからね」

　そんな私を安心させるかのように、蓮くんも抱きしめる力を強めた。

　暖かい……。蓮くんに抱きしめられると、やっぱり落ち着く。
「うん……。ごめんね、気をつけるね……」

　蓮くんの言葉に素直に謝る。

　きっと蓮くんに心配をかけてしまったのだろうな。

「あーもうかわいすぎだよ、菜穂。あんまりかわいいことしすぎないでね」
「え……？」
　かわいいこと……？　そんなこと、した覚えはない。
「気のせいだよ……。かわいいことなんて、してないから」
「してるよ本当に。菜穂のこと好きすぎておかしくなりそう」
「そ、そんな……」
　好きすぎておかしくなるなんて……あり得るの？
　やっぱりその感情は私にはわからない。
　どんな気持ちなんだろう。
「ねぇ、今日はもうのんびり過ごそうか。俺の部屋に行こう」
「え……あ、あの、着替えないと……」
「その時間すらもったいないよ。ほら、早く」
　蓮くんは有無を言わせずに、いったん私から体を離して腕を引き、蓮くんの部屋へと向かった。

初めてのキス

梅雨の時期、真っ只中の６月下旬。
　テストを１週間後に控え、私と蓮くんはリビングで勉強をしていた。
「ねぇ菜穂、俺の部屋に行こうよ」
「……ダメだよ、集中できなくなっちゃう」
「大丈夫、ちゃんと俺がわからないところ教えてあげるから」
　私と向かい合って座っている蓮くんは、さっきから部屋で勉強をしようと誘ってくる。
　だけど蓮くんの部屋に行ったら、勉強に集中なんてできるわけない。
　最近、なんだか私自身が変なのだ。
　蓮くんと同棲生活が始まって１カ月ほど経ったのだけど、慣れるどころか一緒にいるとドキドキしてしまうのだ。
　それも日に日にひどくなるばかり。
　特に蓮くんとの距離が近くなると、さらにひどくなる。
　だから蓮くんの部屋での勉強はなんとしてでも避けたかったのだ。
「ここで、勉強したい……ダメ？」
「……っ、だからその技は使わないで」
「技？」
「あー、もうわかったから。上目遣いは禁止ね、禁止」
　どうやら蓮くんが折れてくれたらしく、リビングで勉強を再開することになった。
「ありがとう」

「……お礼を言われると複雑なんだけど。菜穂がかわいいから、もう何でもいいかってなっちゃうんだよなぁ」
「そ、そんなことは……」
　かわいいが口癖だとわかっていても、言われると恥ずかしくなる。
「……いい加減慣れてよ。菜穂はかわいいんだから、恥ずかしがる必要ないよ」
「か、かわいくない、から……」
「かわいいよ、わかってないの？　菜穂が髪型変えちゃってから男たちが騒いでるの。それに、また前髪切ったでしょ？」
「う、うん……」
　だって、前髪切ったほうがかわいいってみんなに言われたから。
　最初は伸ばそうと思ったけど、少しでも蓮くんに見合う女の子になれたらいいなって思ったから、毎日髪の手入れを頑張ってるんだ。
　だけどその理由は、恥ずかしくて言えない。
「もー、俺だけが菜穂のかわいさをわかってたらいいって言ってるのに。どうして切るの？　切らないで伸ばしてよ。髪も傷んじゃうし、何もしなくていいよ。菜穂のかわいさは俺が十分わかってるから」
「そ、それは……その……」
「それともなにか理由でもあるの？」
　まさにそのとおりだったから、蓮くんの言葉にギクリと

してしまう。
「……菜穂？　どんな理由なの？」
「ち、違うよ。理由なんて、ないから……」
「絶対あるよね？　嘘ついてるのバレバレだよ？」
　そう言って、蓮くんが立ち上がって私の隣に座ってしまう。
「あ、あの……」
「理由を俺に教えなさい」
　ただでさえ、彼がすぐ隣に座るだけでもドキドキしてしまうのに、蓮くんは私の腰に手を回してグッと私を引き寄せ、さらに距離を近づけさせる。
　ダメだ、頭が回らなくなる。
　これだけで顔が熱くなってしまうなんて、やっぱりおかしい。
「菜穂、そんなかわいく照れても無駄だよ？」
「て、照れてない、から……」
「本当のこと言わないと、いいの？　前みたいな恥ずかしいことするよ？」
　"前みたいな"。
　それはきっと、図書室での出来事のことだ。
　思い出しただけで、また恥ずかしくなって顔だけでなく全身が熱くなってしまう。
　思い返せばあの日以来、ずっとこんな感じなのかもしれない。
「あの……理由はね、すごく言うのが恥ずかしくて……」

「じゃあ言わないんだね」
「あ、えと……」
「菜穂」
　また、蓮くんが私の耳元で囁く。
　それだけでもまた、体が反応してしまって。
　ダメだ……。
　あの日はまだ秋野くんがいたからよかったけど、今は違う。
　ふたりきりなのだから、さらに大胆なことをされてしまったら……。
　そう思えば我慢の限界で、素直に理由を口にした。
「す、少しでも……蓮くんに見合うようにかわいくなりたいの。だって蓮くん、すごくかっこいいし何でもできるから……。少しでも蓮くんと並んでも許されるような女の子になりたくて……」
　言い終わった後、恥ずかしさのあまりに半泣きになりながらぎゅっと目を閉じる。
　しばらくの間、蓮くんからは何の返事もなかった。
　気持ち悪すぎて引かれちゃったのかな……。そうだとしたら悲しいけど、恥ずかしすぎて蓮くんの顔を見ることができない。
　じっと固まっていたら、突然ふわりと何かに包まれる。
　蓮くんがそっと、私を抱きしめたのだ。
「れ、蓮くん？」
「何その理由……。本当？　嘘じゃない？」

「本当だよ……。嘘なんかじゃ、ない……」
　嘘じゃないと否定するのも恥ずかしくて顔が熱くなる。
「ねぇ、菜穂。菜穂はどうしてこんなにかわいいの？　天使？　もしかして、本当は俺を苦しめる悪魔なの？」
　また蓮くんが変なことを言いだしてしまった。
　天使……？
　蓮くんを苦しめる、悪魔……？
　私がって、こと？
「あの、えっと……」
「もうずっと抱きしめてたいね。大好きだよ」
　返答に困る私を、さらに力強く抱きしめる蓮くん。
　それでも嫌じゃなかった。
　蓮くんにこうされるのが好きで、落ち着く自分がいるのだから。
「もーかわいすぎ……」
　蓮くんにおとなしく身を任せていると、頭も撫でられる。
　なんか私、動物みたいじゃない？
　犬とか猫とか。
　こうやって抱きしめられて撫でられるのが好きだなんて、飼い犬や猫と同じかも。
　それでも本当の気持ちなのだから仕方がない。
　結局、蓮くんと密着状態になり、ドキドキしてしまうのだけれど、彼の部屋にいるのとリビングにいるのとではやっぱり違った。
　蓮くんには失礼かもしれないけど、こっちのほうが安

全っていうか……なんていうか。
　別に蓮くんを危険な人扱いしてるわけじゃないんだけど、彼の部屋はなんとなく危ない気がして。
　リビングでなら密着状態でも安心できた。
　でも……。
「あの、蓮くん……」
「どうしたの？」
「そろそろ勉強始めないと……」
　蓮くんはなかなか私を離そうとしない。
　このままだと時間だけが過ぎて、勉強しないで終わってしまう。
「大丈夫。まだ時間はあるんだし」
「そ、そんなことないよ……。あっという間に時間が過ぎちゃう」
「まだ菜穂を抱きしめてたい」
「……っ」
　そんな言い方、ずるい。
　そんなこと言われたら断れないよ。
　私だって離れたくないのもまた、事実だったから。
　今だって、ただテスト前だから勉強しなきゃって理由だけで離れようとしているだけなのだ。
「菜穂って、照れ屋さんなの？」
　さっきから照れてばっかの私に対して、ついに蓮くんがそこをついてきた。
　ど、どうしよう……。なんて答えればいい？

「わ、わかんない……」
「わからないの？　でも、最近すぐ照れるのはなんでだろうね」
　少しだけふたりの間の距離を開け、私の頬にそっと触れる蓮くん。
　それだけでも、顔が熱くなるのに十分な理由だった。
　さっきよりも鼓動が速くなって、蓮くんを直視できずに俯く。
「菜穂、俺のほう見てくれないの？」
「む、無理です……」
　こんな状態では蓮くんの顔をまともに見れない。
　見たらきっと、恥ずかしさに耐えられなくなる。
「……菜穂の頬、火照って熱くなってるね」
　頬を優しい手つきで撫でられ、ちょっとだけくすぐったい。
「れ、蓮くん……」
「どうしたの？」
「その……すごく恥ずかしくて……」
　ぎゅっと目を閉じ、訴えるように蓮くんに助けを求める。
　お願いだから、伝わってほしい。
　心臓が壊れるんじゃないかってくらいうるさい。
「仕方ないなぁ」
　どうやら伝わってくれたらしく、最後に頭をぽんぽんされて蓮くんが離れてくれた。
　それでも熱はなかなか冷めないから、手で顔を仰(あお)ぐ。

「そんなに恥ずかしかったの？」
　その言葉に対し、こくりと頷く。
　すると蓮くんはクスッと小さく笑って、また私と向かい合って椅子に座った。
　それからしばらくの間、静かに勉強をする私たち。
　それで私もようやく落ち着くことができ、勉強に集中できた。
　そこまではよかったものの……。
「……あれ？」
　数学が苦手な私は、難問にぶつかってしまったわけで。
　何度やり直しても答えには辿りつかず、途中でつまずいてしまう。
「わからないの？」
　そんな私に気がついたのか、蓮くんに声をかけられた。
「う、うん、ちょっと……」
「どこ？　俺が教えてあげる」
　そう言って蓮くんがうれしそうに立ち上がり、また私の隣にやってきた。
「やった、また菜穂の隣に来れた」
「……っ」
　蓮くんは思ったことをすぐにストレートに言う。
　せっかく落ち着いていた鼓動がまた速くなってしまった。
「……どこ？」
「えっと、この問題が……」

「ああ、たしかにこれは難しいね。ここまで解けただけでも十分すごいよ」

　偉いねと言って、蓮くんは私の頭を撫でた。

　偉くはない。

　どちらかといえば数学は苦手だしバカなのに。

　蓮くんはそんな私を褒めてくれる。

「ここまで解けたらあとはね……」

　蓮くんは頭がいいから、この問題も簡単にわかったらしく丁寧に教えてくれた。

　ひとつひとつ言われたとおりに解いていくと、思った以上に簡単に解けた。

「わっ……！　すごい、解けた！」

「できたね、この解き方をやればあと３問は解けるよ」

「わかった、やってみるね……！」

　うれしくて、蓮くんに教えてもらったとおり問題を解く。

　するとさらっと驚くほど簡単に解け、私自身楽しくなった。

「蓮くん、全部解けたよ！」

　喜びのあまり、勢いよく隣に座っている蓮くんを見てみれば……。

　気づかなかった。

　想像以上に蓮くんとの距離がこんなに近かっただなんて。

　思わず息をのむ。

「……っ」

息がかかるほどの距離で。
　それぐらい、蓮くんとの距離は近かった。
　蓮くんも、私が振り向くと思っていなかったようで、目を見張り固まっている。
　そして少しの間、沈黙が続いた。
　なんとも言えない微妙な空気。
　目をそらしたくても、そらせない。
　そう、まるで金縛《かなしば》りにあったかのように……。
　その時、そっと蓮くんの右手が私の頬に触れた。
　そこでまた、ドキドキし始める。
「……いい？」
　何が？　だなんて、聞かなくてもわかっている。
　きっとキスをされる。
　それでも断ろうと思えないのはどうしてだろう。
　私を見つめる蓮くんは真剣な眼差しで、その瞳に捕らえられたかのようで。
　また、だ。
　あの図書室の時みたいに、今の蓮くんは"男の人"の表情をしていた。
　何も言えなくて、どうしたいのかもわからなくて。
　わからない……。私は、どうしたいんだろう。
　でも、嫌じゃないのは確かで。
　蓮くんを見つめながら、小さく頷く。
　すると、蓮くんの顔がゆっくり近づいてきた。
　受け入れるようにして私は目を閉じる。

そして……そっと、優しく唇が重ねられた。
　キスなんて初めてで、ただじっと終わるのを待つだけで。
　唇から温もりが伝わってくる。
　全身に熱が駆け巡って、ドキドキと心臓の音がうるさい。
　私は蓮くんの服をぎゅっと掴む。
　ただじっとしていると、ようやく唇が離された。
　時間にしてみればほんの数秒だったとしても、私にとったら長い長いキスだった。
　目を開ければ、蓮くんが優しく笑っているのが目に映る。
「……本当に好きだよ、菜穂」
　今度は私の背中に手を回し、そっと抱きしめた。
　好きと言われて、くすぐったい気持ちになる。
「ねぇ、どうして受け入れてくれたの？」
　私を抱きしめながら、蓮くんがそう聞いてきた。
　けれど、返答に困ってしまう。
　わからない。どうして私は受け入れたんだろう。
「……嫌じゃ、なかったから」
「どうして嫌じゃなかったの？」
「それ、は……。どうしてかわからない……」
　私は首を横に振る。
　本当にわからなかった。
　この気持ちも、蓮くんの近くにいるとドキドキする感覚も、落ち着くような安心感も、私にはわからなかった。
「もっと考えてよ、その理由。菜穂は鈍感すぎて困るよ」
　私の頭を撫でながら、蓮くんはため息をついた。

「ご、ごめんね……」
「謝る前にちゃんと考えてよ」
　そ、そう言われても……。
　考えても答えなんか出るはずもなくて。
「れ、蓮くん」
「何？　もう1回キスしていいの？」
「ダ、ダメ……」
「どうして？」
「恥ずかしいから……」
「大丈夫、慣れるから」
　慣れるだなんてありえないと思った私は、危険を感じて蓮くんにぎゅっとしがみつく。
「抱きつかれるのもいいね。気がすむまで抱きついてていいよ」
「いや、あの……勉強しないと」
「勉強なんて前日に俺が徹夜で教えてあげるから」
「て、徹夜!?」
「菜穂が寝そうになったら、ちゃんと恥ずかしいことして起こしてあげるからね」
「……っ」
　どうしてだろう。
　キス、してから……さらに蓮くんが私に対して甘くなったような気がするのは。
　そんな甘さに少しだけ戸惑いながら、私はただ蓮くんにしがみついていた。

時折自分から

「菜穂、おはよう」
　梅雨が明け、テストが終わり夏休み間近となったある日の休日。
　いつものように蓮くんに起こされて、目を開ける。
　休日でも、蓮くんは朝食を用意してくれ、私を起こしてくれる。
　何度か私が先に起きたことがあるのだが、いつも寝室を出る前に蓮くんに気づかれてしまい、失敗に終わっているから、そういう時は朝食をふたりで作ることになる。
　それなのに蓮くんが先に起きた時は、私は起こされるまで気づかない。
　これが完璧な蓮くんと私の違いなのだ。
「おはよう……」
「起きたね、本当に菜穂は四六時中かわいいなぁ。じゃあ下に降りようか」
　そう言って、まだどこか寝ぼけている私をベッドから抱きかかえる蓮くん。
　そこで完全に私の目が覚める。
「わっ……蓮くん、だから私ひとりで……」
「そんなこと毎回言わなくていいよ。そろそろ慣れてよ。朝は俺が菜穂をお姫様抱っこするの」
　焦る私を見て、優しく微笑む蓮くん。
　もう何を言っても無駄だということはわかっているから、おとなしく体を預ける。
　だけど本当はドキドキしているし、いつまでたっても慣

れなくて恥ずかしい。
「菜穂、今日はね、お願いがあるんだ」
「お願い?」
　1階に降りて、リビングの椅子に座った時。
　蓮くんにそう言われた。
「今日ね、父さんから仕事を頼まれたんだ。それで部屋にこもりっぱなしになるからね、菜穂も俺の部屋にいてほしい」
「えっ……?」
　仕事を頼まれた?
　てことは、私がいたら邪魔なんじゃ。
「私は何をすればいいの?」
「俺の部屋にいてくれるだけでいいから。菜穂の存在が、菜穂と同じ空気を吸うことが俺の元気になるんだ」
　そ、そこまで?
　いつも思うけど、蓮くんは私を持ち上げすぎだと思う。
「でも私邪魔でしかないよ?」
「邪魔なんかじゃない。菜穂は俺にとって一番大きな存在なんだ。お願い、菜穂。俺のそばにいて」
「う、うん……。そこまで言うなら……。でも、本当に何もしなくていいの?」
「うん、いいよ。ありがとう本当に大好き」
　私の言葉に蓮くんはうれしそうに笑い、私を一瞬だけぎゅっと抱きしめてから離れた。
　少し寂しかったけれど、ご飯だから仕方ない。

そして私たちは今日もまた、蓮くんが作ってくれた朝食を食べた。

　そして食事を終えて、30分ほど経ってから蓮くんの部屋へと移動する。
　本当に何もせずにのんびりするのは嫌だったから、すでにいくつか配られている夏休みの宿題をやることにした。
　ソファには座らず、小さな机に宿題であるプリントと教科書を開いて床に正座した……のだけれど。
「菜穂、菜穂は俺の机で勉強してていいからね。菜穂のほうが素晴らしい人間なんだ、どうか俺のことは見下すようにして座ってくれて大丈夫だから」
「そ、そ、そんなことできないよ！　蓮くんのほうがすごい人だから！　本当に蓮くんが勉強机使って？　お願い、仕事に集中しないといけないでしょ？」
　蓮くんを説得して、なんとか自分の椅子へ座ってもらう。
　それから蓮くんはパソコンを開き、慣れた手つきで文字を打ち始めた。
　すごいなぁ。
　きっと今までにもお父さんの会社の仕事を任されたことがあるのだろう。
　やっぱり将来、会社を継ぐだけあって集中力がすごい。
　仕事も完璧だなんて。
　だけど最初からこんな完璧だったわけじゃないんだろうな。

きっと蓮くんは、私にはわからない何かを背負いながら今日まで生きてきたに違いない。
　会社を継ぐって、絶対しんどいはずだ。
　期待もされるだろうし、蓮くんのお父さんである現社長とも比べられる。
　そんななかで蓮くんはこれまで生きてきたんだって。
　だからこそ私も頑張ろうと思い、切り替えて宿題に取り掛かる。
　それからしばらくの間、私も集中してやっていたのだけど……。
　スマホで時間を確認する。
　なんと蓮くんがパソコンと向き合ってから３時間以上経っていて。
　なのに蓮くんは背伸びすらしない。
　ただ体勢を崩さず、パソコンに向かっていた。
　絶対しんどいはずなのに、疲れているはずなのに。
　まるで何かに取り憑かれたかのようにカタカタと文字を打ったり、マウスをいじったりするだけ。
　たまにスマホを触ったかと思えば、スマホでも文字を打ったり電話をしたりして、これも多分仕事関係のことだろう。
　３時間以上もこの感じだなんて……。
　見ている私が耐えられない。
　だからコーヒーでも淹れようと思い、立ち上がって部屋を出ようとする。

そしたら……。
「どこに行くの？」
　今まで一度も振り向かなかった蓮くんが、初めて私のほうを向いた。
「あ……えっと」
「俺、菜穂がいないと頑張れないよ」
　蓮くんはひどく悲しげに私の方を見ていた。
「れ、蓮くんにコーヒーでも淹れてあげようかなって思って……。すぐに戻るから！」
「俺のために？」
「う、うん」
「ありがとう、菜穂……。本当に素敵な未来の妻だよ、ありがとう」
　すると蓮くんは泣きそうになりながらお礼を言ってきた。
「そ、そんな……泣かなくていいから！　すぐ戻ってくるね！」
　そう言って私は部屋を後にし、急いでリビングへと向かった。
　だけど、コーヒーを淹れるだけじゃ蓮くんの疲れはとれない気がする……というか、とれなくて当たり前だ。
　じゃあ私は他に何ができるだろう。
　ここまで無力だと悔しいなぁ。
　私はいつも蓮くんに優しくされて元気づけられてばかりなのに、私は何も蓮くんにしてあげられていない。

何かないかな……と思った時。
　いつも蓮くんに抱きしめられると落ち着く自分を思い出した。
　その時、蓮くんはいつもどう思ってるのだろう。
　もし私と同じ気持ちでいてくれたなら……。
　少し、いや、かなり恥ずかしいけど、私から抱きつきに行くことで蓮くんにとってプラスになるかな。
　自惚れとか、自己満足で終わるかもしれないけど、何もしなくて終わるのは嫌だから、勇気を出そうと思った。
　そしてコーヒーを淹れ、部屋に戻る。
　部屋に入ってすぐ、蓮くんが反応するかと思えば……。
「無理、死ぬ……。菜穂がいないと何もできない、死ぬ助けて菜穂、もう生きてけない……」
　机に顔を伏せ、何やらブツブツと呟いていた。
「れ、蓮くん!?　どうしたの?」
　思わず名前を呼んで駆け寄れば、子犬のように目を輝かせた蓮くんが私を見た。
　いつもはかっこいいのだけれど、今はギャップがあってかわいいと思ってしまう。
「菜穂!　やっと戻ってきた、遅いよ……」
「ご、ごめんね」
　ついキッチンで考え事をしていたから、遅くなって蓮くんに心配をかけてしまったのか。
　次からは気をつけようと思った。
「はい、これどうぞ。熱いから気をつけてね」

クーラーが効(き)いているからあまり冷たいものを飲んで体を冷やしすぎるのもよくない。
　だからホットコーヒーにした。
「……俺の、俺の体を気づかってくれたのか……？」
　そんな私の考えが伝わったらしく、蓮くんは私をじっと見つめてきた。
「う、うん……。冷えすぎて体壊したら大変だから。嫌だった？　やっぱり冷たいほうがよかったかな……」
「何言ってるの？　とてつもなくうれしいよ、俺に気をつかってくれたなんて幸せで泣きそうだ。ありがとう菜穂、本当に菜穂は優しいね……あつっ」
「れ、蓮くん！　そんな急いで飲んだら火傷(やけど)しちゃうよ！」
　蓮くんはうれしそうに笑ってから、またすぐにカップに口をつけた。やっぱりまだ熱かったようで顔を少し歪(ゆが)める。
「何言ってるの？　せっかく淹れてくれたのに冷ましてから飲むなんて、そんな罪なことできるわけないよ。それにこれは熱さを乗り越えられるように菜穂から与えられた愛の試練なんだ」
　あ、愛の試練？
　コーヒーを淹れただけなのに……。そんなふうに捉えられるなんて、恥ずかしかった。
　でも蓮くんが喜んでくれてるから、それでもいいかな、なんて思ってしまう私も私かもしれない。
　そして蓮くんが飲み終わり、ひと息ついた時。
「れ、蓮くん……」

少し緊張気味に蓮くんの名前を呼んだ私。
「どうしたの？　何かあったの？」
　私の呼び方がぎこちなかったためか、蓮くんが心配そうに見つめてきた。
「あの、えっと……。ちょっとこっちに来てほしいの」
　私は蓮くんの腕を引く。
「え……えっ？　菜穂が、俺を誘惑してる？　嘘、夢？　これは」
「夢じゃないよ……。あの、ソファに座って？」
「座る……？　わかった」
　さすがの蓮くんも私の行動を不思議に思ったらしいが、素直に座ってくれる。
　一瞬マッサージとかのほうがよかったかな、と考えたけど、最終的に私自身が蓮くんに抱きしめてほしかったからその考えはやめた。
　蓮くんが座ったところで私も隣に座り、一度心を落ち着かせるために目を閉じる。
　き、緊張してきた……。
　いつも蓮くんは平然と私を抱きしめてくれるけど、私の場合はそうじゃない。
　今だって心臓がばくばくとうるさかった。
「……菜穂？　どこか具合でも悪いの？」
　きっと私がずっと目を閉じて動かないから心配したのだろう。
　蓮くんが優しく声をかけてくれた。

だから今だと思い、私は勢いよく蓮くんに抱きついた。
　この時の私にしては、人生最大の勇気と大胆な行動だったと思う。
　ぎゅうっと蓮くんにしがみつく。
　ここまできたら後戻りはできない。
　中途半端に終わらせるのが一番恥ずかしい結果になるだろうから、その気持ちを抑えて蓮くんに抱きつく。
　だけど蓮くんは何も口を開かないし、ピクリとも動かなかった。
　ど、どうしよう……。もし、うざいと思われていたら？
　面倒くさいとか、気持ち悪いって思われていたら……？
　途端にマイナス思考に陥ってしまう。
　さらに不安になって怖くなっていると。
「……な、菜穂？　こ、こ、これはどういうこと……？」
　蓮くんがようやく口を開いた。
　かと思えば体が小刻みに震えていて。
「蓮くん震えてる？　大丈夫？」
　どういう意味なんだろうって、ますますわからなくなる。
「大丈夫じゃ、ない、けど……。その、どうしてこんなことを……？　ねぇ、俺を苦しめたいの？　え、泣くよ？　なんなら今泣きそうだよ俺」
　どうやら理由を聞きたいらしくて、蓮くんが何やら焦っていた。
「いや、愛してる。もはや愛を通り超えたよ菜穂。どうしよう、菜穂。菜穂がかわいすぎてそろそろやばい。俺もう

耐えられる気しない、菜穂」
「え、あの……。蓮くんは、嫌がってるわけじゃ……なかったの？」

　嫌がってると思ったけれど、どうやら違うようで念のために聞いてみた。

「嫌？　俺が嫌だって思うわけないよね？　むしろうれしすぎて。もういろいろ限界、菜穂がかわいすぎて無理。本当に俺、菜穂しか目に映ってない。菜穂、俺と同じ時代に生まれてきてくれて、俺と同じ年に生まれてきてくれて本当にありがとう」

「そ、そんな大げさにしなくても……」

「大げさじゃないよ、事実だよ。あーもうダメかわいい、このまま連れ去っていい？　お昼寝しようか、菜穂のおかげで落ち着いたよ。いや、本当のことを言えば今にも気絶できそうなんだけどね」

　そう言って蓮くんは私をそっと抱えて、お姫様抱っこをする。

「え、あの……どこに行くの？」
「お昼寝するために寝室に行くんだよ」

　蓮くんはうれしそうに微笑んで、私を見つめた。

「じ、自分でいけるよ……」
「ほら、ちゃんと掴まっててね」

　私は眠たくないのだけど、きっと蓮くんは眠たいのだろう。

　3時間以上も休まずに仕事をして、絶対に疲れているは

ずだ。
　結局お姫様抱っこの状態で寝室まで行き、ベッドの上で降ろされた。
「菜穂」
「は、はい……」
「どうしてこっち向いてくれないの？」
　そう。
　さっき自分から抱きついた行動を思い出しただけでも恥ずかしくて、蓮くんのほうを見れないでいるのだ。
　今は夏用の薄い毛布で顔を覆い隠している。
「み、見れない、です……」
「どうして？」
「恥ずかしいから……」
「でも俺、菜穂を抱きしめながら寝たいなぁ。癒されるし落ち着くし、さっきの疲れが一瞬で飛ぶんだけどなぁ」
　うっ……。
　それを言われたら拒否できない。
「本当に、それで元気になるの？」
「うん、めちゃくちゃ元気になる。これからも頑張ろうって思うよ」
　私の行動ひとつで、蓮くんがそう思ってくれるなら……と思い、私は勇気を出して毛布から顔をのぞかせる。
　隣で横になっている蓮くんをじっと見つめると、顔をそらされてしまった。
　抱きしめて寝たいって言ったのは蓮くんなのに……。気

が変わっちゃったのかな。
　だとしたら少し悲しい。
「ねぇ、菜穂」
「どうしたの……？」
　やっぱりいいやって言われるのかな。
　自分でもわかるくらいマイナスなことばかり考えていると……。
「さっきみたいに菜穂から抱きついてきてくれないの？」
　少し頬を赤らめた蓮くんが、また私のほうを向いてくれたから視線が交わった。
　さっき、みたいに……。
　思い出しただけでぶわっと顔が熱くなってしまう。
　だって私、どれだけ大胆なことをしたか。
　本当に恥ずかしくてもう無理だ。
　それなのに、蓮くんはまた同じことをしてほしいと要求してくる。
　蓮くんって優しいけれど、少し意地悪な部分もあるのかもしれない。
「菜穂、どうして無視するの？」
「そ、そんなこと……」
　蓮くんは余裕な表情で笑う。
　私は意を決して、蓮くんへと寄り添い、彼の胸に顔をうずめた。
　二度目の勇気。
　さすがに抱きつくまではできなかったけど、頑張ったよ

私。
「いい子だね、菜穂。やっぱり菜穂は優しいな」
　そんな私を褒めてくれて、蓮くんはそっと私の背中に手を回してさらに抱き寄せてくれた。
　初めは恥ずかしさでいっぱいだったけど、今はこうやって抱きしめられてるから、勇気を出してよかったと素直に思った。
「さっきはありがとう。菜穂のおかげで元気出たよ、本当に」
　私を抱きしめる蓮くんの口調は穏やかで優しい。
「ほんと……？　それならよかった。蓮くん、3時間以上もパソコンに向き合ってたんだよ？　なかなか休んでくれないから」
「……時間、忘れるんだよね。ああいうことしてる時って。ごめんね心配かけて」
　絶対、それだけじゃないように感じるのは気のせいだろうか？
　時間を忘れる……。パソコンに向かっていた蓮くんは、たしかに真剣だった。
　でもそれ以上に……何か使命感というか、やっぱりこれも"何か"が蓮くんに取り憑いていた。
　そんなことを考えていたからだろうか。
　蓮くんに言っていいのかわからない、私の思っていることをつい口に出してしまう。
「私の前では、本当のこと言っていいからね」
　言ってから気がついた。

何私の前ではって……。調子に乗って言ってしまったんだって。
　慌てて謝ろうとしたら、ぎゅっと少し苦しいくらい蓮くんが抱きしめる力を強めた。
「蓮くん……？」
「菜穂にはバレちゃうんだね」
「え……？」
　何についてのことを言っているのかわからなくて、戸惑ってしまう。
　だけど蓮くんがいつもと違うことくらいはわかった。
「俺ってさ、弱いんだよね」
　いつもの口調だったけれど、蓮くんの口からこぼれた本音。
　私は何も返さず、じっと静かに聞く。
「よく、"しっかりしてて立派な後継者"って言われるんだけど、そう見せてるだけであって、本当はいつも重圧にやられそうになる」
　だんだんと口調が弱くなっていって、だけど私を抱きしめる力は強くなる。
　嫌じゃないよっていう意思表示も込めて、私も蓮くんを抱きしめ返した。
「いつも余裕なんてなくて、必死。ダサいんだよ俺は」
　自分を下げるようなことを言わないでほしいと思った。
「ダサくなんかないよ、蓮くんは。周りにも、私にだって考えられないくらいしんどいはずなのに、いろいろ抱えて

るのに……。それを隠して、頑張ってる蓮くんは誰よりもかっこいい。だからこそ私の前では本当の蓮くんでいてほしいの。ひとりで抱え込まないで」

　私の憧れでもあった蓮くんは、いつも私を助けてくれてた。

　それは、1年生の時からずっと。

　そんな蓮くんが苦しんでいるのなら、少しでも楽にしてあげたいと思った。

　かといって私が楽にしてあげられるかっていうと、自信はないけれど。

　せめて素の蓮くんでいてほしいと思った。

「菜穂」

　私の名前を呼ぶ蓮くんは、やっぱり少し弱々しい。

　それから少しの間、お互い何も話さなかった。

　私も蓮くんの返事を急かすつもりもなく、ただじっと待つかのように動かずにいた。

　すると蓮くんが、突然小さく笑い出す。

「蓮くん？」

「本当にさ、"昔も"今も変わらず菜穂に助けられてるんだよね、俺って」

「え……？」

　昔も、今も……？

　今確かに昔もって言ったよね……？

　それとも聞き間違い？

　うん、きっとそうだと思う。

だって私は蓮くんと高校になって初めて会ったのだから。
「本当に菜穂がいなかったらやってこれてないよ俺。今の俺は絶対いない。それくらい俺の中で菜穂の存在は大きいんだ」
「で、でも私は何も……」
「俺の心の支えだよ、菜穂は。こうして俺の腕の中に菜穂がいるなんて、正直今もまだ夢心地だよ」
　心の支え……私、本当に蓮くんに何かした？
「あの、蓮くん」
「そろそろ眠たくなってきたな……少し寝てもいい？」
「あ、う、うん……」
　私が蓮くんに質問しようとしたら、その前に彼に制されて結局聞くのを諦めた。
　それにいつでも聞けるだろうし。
　すると蓮くんは抱きしめる力を緩め、私の頭を撫でた。
「好きだよ、菜穂。この時間が幸せだなぁ」
　いつもならここで私が先に眠ってしまうのだけど、今日は違った。
　私の頭を撫でていた蓮くんの手がだんだんとゆっくりになり、ついには止まってしまう。
　少し名残惜しくて顔を上げようとしたら、蓮くんの静かな寝息が聞こえてきて、私はそれをやめた。
　じっと、蓮くんの腕の中でおとなしくする。
　だけど少しだけきゅっと寄り添い、私も目を閉じた。

蓮くんが私より先に寝るなんて珍しい。
それだけ疲れていたのだろう。
今日は休日だっていうのに、私より起きるの早かったし、寝るのだって私よりいつも遅いのだから。
今日の残りの時間はゆっくりしようと思い、私も寝ようとそっと目を閉じた。

彼と私の昔のこと

「あ、あの……蓮くん……！」
「どうしたの？」
「本当に私は行かないほうがいいって言うか……。その、マナーとか本当に全然知らないし」

　暑い日々が続く夏休みに入ったある日のこと。
　今、私たちは蓮くんの部屋にいる。
　そして私は蓮くんを説得している最中だった。
「大丈夫、菜穂がいるだけでなんでも許されるから。そもそも菜穂は礼儀をよくわかっているし、安心して？」
　そんなこと言われても、安心できるはずがない。
「無理だよ……。本当に、パーティだなんて、蓮くんの顔に泥塗っちゃう……」
　そう。
　実は今日の夜、蓮くんのお父さんである社長さんが主催するパーティがあるのだ。
　そしてなんと、私も出席するように蓮くんに言われたのだ。
　そんなの絶対無理に決まってる。
　何かやらかして、迷惑かけて終わりだと思った。
「大丈夫、菜穂なら絶対大丈夫だから。それに俺もフォローするし、何かあったらすぐ助けるし。言ったでしょ？　菜穂は存在自体に価値があるって」
「そ、それは蓮くんが勝手に思ってるだけだよ……。私、地味だから、蓮くんにふさわしくないし……」
　それにもし蓮くんがフォローしてくれたとしても、蓮く

んに迷惑をかけてしまう。
　蓮くんには蓮くんのやらなきゃいけないことがあるはずなのに、私を気にかけてくれることになり、私は邪魔でしかない。
「菜穂、そんなマイナスなこと言わないで。自信持っていいから」
　蓮くんを説得しようと思ったけれど、逆に私が説得される形になる。
　でもどうしても自信なんて持てなくて、首を横に振った。
　ダメだ、こんなことしても蓮くんを困らせてしまうだけなのに……どうしても頷けない。
「お願い菜穂、俺についてきて？」
　そんな私を、蓮くんはそっと引き寄せ抱きしめる。
　抱きしめ方は優しくて、でも、やっぱり慣れなくて。
　ドキドキと心臓の音がうるさくなる。
「……菜穂、ダメ？」
「……っ」
　蓮くんが私の耳元で低く、どこか甘さのある声で囁いた。
　もうすでに、蓮くんのペースにはまってしまった。
「……蓮くんは、どうして私についてきて欲しいの？　何もできないのに」
　もう私が折れるしかないことぐらいわかってるけれど、パーティに出席しないといけない理由が気になって仕方がなかった。
「なんでって、菜穂が必要な理由しかないよ？　俺、菜穂

がいないと無理なんだ。菜穂がいなかったらやる気が出ないし、疲れも溜まるし笑顔取り繕うのもしんどいし……。けど菜穂がいたら自然と笑顔になれるし頑張ろうって思えるんだ。俺の元気の源なんだよ」

　まさかそこまで思っていただなんて想像すらしていなくて、戸惑ってしまう。

　蓮くんの元気の源が……私？
「れ、蓮くんは私がいなくても大丈夫だよ！」
「そんなの絶対無理、死ぬ。菜穂は俺に死んでほしいの？ え、俺泣くよ？　泣いちゃうよ？　決めた、菜穂が行くって言うまで離さない。絶対離さない」

　どうやら私の言葉が蓮くんの変なスイッチを押してしまったようで。

　また理解し難いことを言い出してしまう。
「れ、蓮くん落ち着いて……」
「嫌だ、菜穂を絶対連れて行く」

　一度落ち着かせようとしても、蓮くんは抱きしめる力をぎゅっと強くしてしまう。
「く、苦しいよ」
「俺の心も苦しいよ、菜穂。俺を見捨てないで。菜穂に見捨てられたら俺、無理だ生きていけない……」

　どうしよう、蓮くんがまったく話を聞いてくれない。
　むしろ話が繋がっていない。
　もう私の抵抗はここまでだった。
　諦めるしかない。

本当はまだ断りたい気持ちもあるけれど、蓮くんについて行くことにした。
「蓮くん、私見捨てないから！　今日、私も行くから。だから少し力を緩めてほしい……です」
「……っ、本当？　菜穂、今、行くって言った？」
　すると蓮くんは私の言葉を聞いてすぐ、力を緩めるどころか私と距離を開け、じっと真正面から見つめてきた。
　その目は眩しいくらい輝いていて。
　わ、わかりやすい……。
　ここまで顔に出る人だったんだと驚いた。
　子犬の目のようにキラキラと輝かせるから、かわいいと思ってしまう。
「うん、言ったよ」
「ありがとう、ありがとう菜穂。これで頑張れる、本当に菜穂が心の拠り所だ」
　蓮くんはふわっとうれしそうに笑い、今度は顔を近づけ自分の額を私の額にくっつけてくる。
　体の距離は遠いけれど、顔の距離がいつもよりずっと近く感じてドキドキがやまない。
「そ、そんなことないよ」
　顔が熱くなって、もちろん蓮くんを見れるはずもなく視線を下に向ける。
「そんなことあるよ。菜穂、俺がどれだけ菜穂のこと好きか知らないでしょ？」
　蓮くんはクスッと小さく笑った。

その笑い方には余裕が感じられる。
　私ばかり余裕がなくて、ドキドキして。
　蓮くんはどんな気持ちなんだろうって、とっても知りたくなる時がある。
　だけど聞く勇気もないし、もし『なんとも思ってない』って言われたら……。
「……っ」
　私、何考えてるんだろう。
　私は蓮くんになんて言ってほしいんだろう。
「照れてるの？　頬、熱いよ」
　その時、蓮くんの手がそっと私の頬に優しく触れる。
　ダメだ……。全身に熱が駆け巡り、何を考えていたのかすら忘れてしまう。
「……ふっ、かわいい。菜穂、顔上げて？」
　蓮くんが笑い、私を甘く誘導する。
「……む、無理です」
「どうして無理なの？」
「恥ずかしい、から……」
　蓮くんは少し意地悪だ。
　絶対わかっていることを私に聞いてくる。
　自分の口から言うのがどれだけ恥ずかしいことか。
「そっか。じゃあ……」
「……っ!?」
　蓮くんは額を離したかと思えば、私の頬に触れていた手を移動させ、今度は私の顎を持ち上げる。

自然と絡み合う視線。
　蓮くんはすごく楽しそう。
　いや、意地悪そうに笑っている。
　本当に恥ずかしくって、せめて視線だけでもと思いそらした。
　だけど蓮くんがそれを許してくれるはずがなくて……。
「菜穂、ちゃんと俺を見て」
　また、恥ずかしいことを要求されてしまう。
　もちろん私は逆らえないから、蓮くんのほうを見るしかない。
　ドキドキと心臓の音がうるさく鳴るなか、ゆっくりと蓮くんへと視線を移す。
　ついさっきまで子犬のようにキラキラと輝いていたのに、今はもう"男の人"だ。
「本当にさ、どうしてこんなにかわいいんだろうね。かわいすぎて毎回理性保つのに必死だよ」
「理性……」
「そうだよ。菜穂がかわいすぎるから、いつもキスしたくなる。我慢してるの、俺。偉いでしょ？」
「……っ!?」
　キス……したくなるって言ったよね？
　蓮くん、そんなこと思ってたんだ……。
　だけど、かわいすぎるってことは、かわいい子を見るたびにキスしたくなるってことだよね。
　そう考えたらチクリと胸が痛んだ。

何だろう、この気持ち。
　蓮くんが他の女の人と……って考えたら、苦しい。
「菜穂、もしかして引いた？　気持ち悪いって思った？」
「……う、ううん、全然そんなこと思ってないよ！」
　蓮くんにまた話しかけられ、はっと我に返った。
　慌てて蓮くんの言葉を否定すれば、蓮くんは一瞬だけ目を見張ったあと、また意地悪そうに笑う。
「全然、か……。じゃあ今ここでキスしていいってこと？」
　また少し蓮くんが顔を近づけてくる。
　さっきまでの胸の痛みは何処へやら、途端にドキドキとうるさくなった。
　蓮くんの言葉や行動ひとつで感情が大きく動かされているのが、自分でもすぐにわかった。
「あ、あの……蓮く……んっ」
　名前を呼び終える前に唇を塞がれてしまう。
　二度目のキスは、少し強引だった。
　だけど嫌じゃないし、素直に目を閉じて受け入れている私がいる。
　ぎゅっと、蓮くんの服を掴んだ。
　そしてゆっくりと蓮くんが離れたかと思えば、じっと私を見つめてくる。
　まるで私の心をすべて見透かすかのように。
　蓮くんにはこの気持ちがわかるのかな。
　ドキドキしたり、苦しくなったり。
　蓮くんに感情が左右されること。

キスが嫌じゃないこと。
　そのうえまだキスをしてほしい、だなんて欲深いことを考える私は……。日に日に、おかしくなってる気がする。
「これ以上は危険だな。よし、行くと決まれば準備しようか」
　そんなことを考えていたからだろうか。
　私の思いとは逆のことになってしまった。
　って、本当に私は何を考えてるんだ。
　いつの間にこんな……こんなことを考えるようになってしまったのだろう、恥ずかしい。
「パーティ自体は夜の７時からなんだけど、会場には早く行って用意したドレスを菜穂には着てもらうからね」
「ド、ドレス？」
　パーティって言ったら……そりゃそうか。
　ドレスとか着て当然だよね。
　でもそんなの着たことないし、まず似合うかわからないし……。
「心配しないで大丈夫。菜穂が想像しているような派手なものじゃないから。絶対菜穂に似合うドレスだよ。楽しみだなぁ、想像しただけでもすでにかわいい」
「は、恥ずかしいから想像しないで！」
「それは無理だね、いつだって俺の頭の中は菜穂のことでいっぱいだから」
「……っ」
　蓮くんはなんでもストレートに言ってくるから、照れてしまうのも仕方がないと思う。

「最近、よく照れるね」
「そ、そんなことない、よ……」
「かわいく照れる菜穂が見られるから、いいんだけどね」
「よ、よくない……」
「ほら、また照れた。かわいいな、せっかく我慢したのにまたキスしたくなる」

　そう言って、また私に手を伸ばした蓮くん。
「じゃ、じゃあ準備しようかな！」

　恥ずかしさでいっぱいの私は慌てて立ち上がり、蓮くんから離れた。
「……菜穂」

　だけど蓮くんは座ったまま私の腕を掴み、部屋を出ることを制される。

　私の名前を呼んだ蓮くんの声は、途端に不機嫌なものへと変わった。
「どうして今わざと避けたの？」

　蓮くんの声が落ち着いていて、低い。

　やっぱり私が蓮くんを避けたこと、バレていたようだった。
「ご、ごめんなさい……」
「謝っても許さないからね。俺は悲しくて泣きそうだ。だって菜穂が……菜穂が、俺のこと避けたんだよ？　ねぇ、苦しくて死にそう……。こんな世界の終わりのような気持ちになったの初めてだ」

　蓮くんが眉を下げて悲しそうな顔をする。

どうしよう、蓮くんを傷つけてしまった。
だから私は急いで誤解を解こうと思った。
「れ、蓮くん落ち着いて。あの、恥ずかしくて……耐えられなくなったから、その……ちょっと避けただけで」
「……じゃあ、証明して？」
「えっ？」
「俺が嫌で避けたんじゃないって。そうだなぁ……。菜穂からのハグがいいな」
　蓮くんがじっと私を見つめる。
　その瞳から逃れられそうにない。
「菜穂、早く。俺泣きそう、傷ついたよ」
　本心なのかわからなかったけれど、蓮くんが悲しそうな表情をするから誤解を解かないとって思った。
　そっと、蓮くんに近づいて、恐る恐る背中に手を回す。
　ダメ、ドキドキしすぎて恥ずかしいよ。
　ぎゅっと、力をこめる。
　でも、なんだろう。
　ずっとこうしていたいな、なんて思ってしまう。
　本当に蓮くんに触れていると落ち着くんだ。
「菜穂って本当に、俺を追い詰めるの好きだよね。もうそういうところも好きなんだけどさ、ダメもう大好き愛してる」
　私は蓮くんと同じ言葉を口にすることはできないけれど、彼にそう言われてうれしくて胸が高鳴ったのは確かだった。

「うわぁ、すごい……」
　夕方になると執事さんが迎えに来てくれて、パーティ会場へと移動した。
　そこはとっても有名で大きなホテルらしいけれど、緊張しすぎて頭がうまく働かない私はエントランスを見ただけでさらにガチガチになる。
「上条様、お待ちしておりました」
　エントランスに入るなり、ホテルの人なのか、女の人が私たちの元までやって来た。
「準備はできてますか？」
「はい、できております」
「じゃあこの子をよろしくお願いします」
「……え？」
　すると蓮くんが私をその人の元へと差し出す。
「かしこまりました。準備が終わりましたら、上条様をお呼びいたします」
「はい、お願いします。菜穂、じゃあね。少しだけ離れなきゃいけないけど我慢するよ」
「え？　えっと、どういうこと？」
「ドレスに着替えておいで」
　蓮くんは私の頭を軽く撫で、そっと離れた。
「桃原様、こちらでございます」
　その人は私の苗字まで知っていて、そう言われてしまったから仕方なくついていく。
「では、まずこちらに着替えて」

「こ、これですか?」
　案内されたのは小さな個室。
　その中に一着のドレスが準備されてあった。
　このシルク生地で艶のある、きれいなエメラルド色をした肩出しのドレスにボレロを羽織れるよう、セットでハンガーにかけられているのだけれど……こんな素敵なドレスを私が着るの?
　蓮くんの言っていたとおり、派手ではないけれど、素敵なドレスということは見ただけでわかった。
「桃原様にお似合いでございますよ。では、私は外で待っておりますので、着替えが終わりましたらお呼びください」
　私を案内してくれた人はそれだけ言って部屋を後にした。
　ぽつんとひとり残された私は、もうこのドレスを着る以外、選択肢はなかった。

「あ、あの……お願いします、蓮くんを呼ばないでください」
「大丈夫です、とても素敵です。それに上条様には必ず呼ぶようにときつく言われておりますので」
　あの後。
　ドレスに着替え終わるとふたりの女の人がやって来て、髪のセットと軽くメイクをされてしまった。
　鏡に映る私はいつもの地味な私とは違って、逆に不自然だ。
　髪は後ろでまとめられ、ところどころ編みこまれており、

ナチュラルだったけどいつもはしない鮮やかなアイシャドウにマスカラ、アイラインも引かれ、ピンクの色をしたグロスが目立つメイクもされていた。

　何調子に乗ってるんだと言いたいくらい。

　恥ずかしすぎて、どうしても蓮くんに見てほしくなかったから呼ばないで欲しいと頼むが、結局その人は呼びに行ってしまった。

　ドレス姿のままひとりで慌てふためく。

　どうしよう、なんとかして今からでも……に、逃げる？

　せめて、せめてどこか隠れる場所は……ダメだ、ない。

　突然ガチャリとドアが開いた。

　ついに来てしまったのだ。

　もう諦めて、すでに恥ずかしいけどゆっくりとドアのほうを見れば……。

「……っ!?」

　一瞬、息をするのを忘れてしまった。

　視界に入ったのは、黒いスーツを身にまとった正装の蓮くんで。

　とても高校生には見えず、さらに大人びている。

　かっこよすぎてもはや言葉も出ない。

　そんな蓮くんもまた、目を見張って驚き固まっていた。

　しばらくの間、お互いに見つめ合って何も話さない状態が続いていると……。

「……な、菜穂？」

　蓮くんがようやく口を開いた。

「は、はい」
　蓮くんの雰囲気がいつもと違う感じがして、返事をするのさえも緊張してしまう。
「と、尊い……」
「蓮くん……？」
　尊い……？
　蓮くんがなんて言ったのか、うまく聞き取れなかった。
　すると蓮くんが自分の手で目元を覆う。
「ど、ど、どうしよう！　菜穂が、菜穂がかわいすぎて！　えっ、え、女神様の間違いじゃない？　菜穂って本当に人間？　え、菜穂は神様から俺への贈り物ですか？　俺、こんな尊い女神様受け取っていいの？」
「え、あっ、あの……」
　突然蓮くんが早口で喋りだす。
　受け取っていいって何を？
「えっ、ダメなの？　菜穂を受け取りたい、受け取らせて」
「……えっ、あ、私のことだったの？」
「当たり前だよ、それ以外に何があるの？」
「な、何のことかわからなくて……」
「もー、菜穂しかいないよ」
　蓮くんが笑う。
　いつもよりさらに大人びて見えた。
　それだけでドキッと胸が高鳴ってしまう。
「あっ……じゃあ、えっと、大丈夫です。受け取ってください」

どういう意味かわからなくて返事に迷ってしまったけど、ノーと言えば蓮くんが悲しそうな顔をするような気がして笑顔で肯定する。
「無理、なに今の？　かわいすぎだけど苦しいよ、菜穂」
　すると蓮くんが近づいて来て、私をぎゅっと抱きしめた。
「本当に好き、ねぇこんなかわいい姿をみんなにさらけ出したくない。なんならこのまま家に帰りたい。ねぇ、帰ろう？　帰ろっか」
　帰りたいって……蓮くんが来てほしいって言ってたのに。
「ダメだよ、せっかく来たんだから……」
「そのことに関してはちゃんと謝るからさ、お願い」
「それでもダメです！　社長さんが主催したなら特に蓮くんがいないといけないでしょ？」
　社長さんの息子がいないなんてことになったら、絶対大変なことになってしまう気がした。
　そうなってしまう前に蓮くんを説得する。
「じゃあキスしていい？　でもグロス塗られてるね。もーどうして塗ったの？　こうなったらグロスとれてもいっか」
「で、でも蓮くんにもついちゃうから……」
　キスが嫌ってわけじゃなかったから、遠回しに断る。
「大丈夫だよ、どうにかなるから。それに菜穂は塗り直して貰(もら)えばいいよね」
　だけど蓮くんは聞いてくれなくて、そのうえ自分で解決

してしまった。
　そして私と少し距離を空け、前のように顎を持ち上げられる。
　蓮くんと交わる視線。
　その近い距離にドキドキして、また蓮くんのペースで、任せるしかなかった。
　半分は交わった視線から逃れるように、もう半分は受け入れるようにして目を閉じる。
　そんな私を見て、蓮くんは小さく笑った。
　恥ずかしい、けれど……迷わずに目を閉じた私はきっと蓮くんにキスを、してほしいのだと思う。
　どうしてそう思うのかは考えても答えは出ないし、今日の自分はおかしいんじゃないかって心配すらしてしまうけど、この感情に逆らうことはできないし、制御すらできていない。
　そっと蓮くんの手が私の頬に触れた。
　それはキスをする合図かのようで。
　蓮くんの息がかかる。
　きっと、もうすぐ唇と唇が触れ合う……。
　その、瞬間。
　ノックもなしに突然ガチャリとドアが開いた。
「ふたりとも、そろそろ準備を……」
「……っ!?」
　私は驚いて、勢いよく蓮くんを押して離れる。
　ドアのほうに視線を向ければ、蓮くんのお父さんである

社長さんが目を見開いて私たちを見ていた。
　絶対見られてしまった。
　そしたら途端に社長さんがうれしそうに笑みを浮かべる。
「そうか、ふたりともそこまで進展したんだね。よかったな、蓮」
「父さんに菜穂はあげないからね。菜穂は俺だけのものだから無理だよ、どんな手を使っても菜穂だけは離す気ないから」
　社長さんは明らかに私たちを見てうれしそうなのに、蓮くんは敵対視している。
　どうしてそこまで……と思っていたら、蓮くんの片手が肩にまわされ抱きしめられてしまう。
「何言ってるんだ、俺はふたりを応援してるよ」
　蓮くんに抱きしめられているから、社長さんの表情は見えなかったけれど、声でなんとなく困ってるなということはわかった。
「いや、わからない。こんなかわいい子を誰も見逃すはずがないから」
　蓮くんの思考は、いったいどうなっているのだろう。
　絶対フィルターがかかってる。
　それとも私みたいな地味女やブスが好き、とか？
　もはやそれしか考えられない。
「たしかにかわいいだろうけど、どちらかといえば娘にしたいかな。ほら、特にお母さんは」

そして社長さんが何かを言いかけたその時。
「蓮……！　蓮はどこ？　ここにいるの？」
　大きな声を出し、開いたドアからひとりの女の人の声が聞こえてきた。
「あっ！　蓮いた……って、もしかしてその子が菜穂ちゃん!?」
　その女の人は、どうやら私のことを知っているようで。
　誰だかわからなくて、蓮くんから離れて振り向こうとしたけど、力が強くて身動きがとれない。
「……母さん、騒がしいよ。菜穂がびっくりするだろう？」
　嘘……お母さん？
　今、蓮くん、お母さんって言ったよね？
　ということは、今部屋に入ってきたのは蓮くんのお母さんということになる。
　ど、どうしよう……。初対面なのに挨拶ができていない。
「れ、蓮くん……。あの、挨拶しないと」
「いいから。菜穂はじっとしてて」
「ちょっと蓮、私に菜穂ちゃんをよこしなさい！　そんなにきつく抱きしめたら可哀想でしょう？」
「大丈夫、菜穂は苦しそうじゃないよ」
「気をつかってるだけなの」
　終いには言い合いを始めてしまう。
　そんなふたりを見て、社長さんは「まあまあ」と落ち着かせようとするが、攻防戦は続く。
「私も菜穂ちゃんを見たい！　写真だけとか物足りなくて

この日を楽しみにしてたのに」
「菜穂は俺だけのものだから誰にも渡さないよ」
「あなたお母さんに逆らう気?」
「逆らってでも菜穂を優先する」
「だからそれが菜穂ちゃんにとって迷惑だって、わからないの?」

　どうやらその言い合いの原因となっているのは私のようで。

　どうしたらいいのかわからなかったけど、やっぱり蓮くんのお母さんには挨拶したほうがいいと思い、彼に話しかける。
「れ、蓮くん……。私も蓮くんのお母さんとお話したい、です……ダメ?」

　少しふたりの間に隙間を作り、蓮くんを見上げれば意外と近くにいて、またドキドキしてしまうけれど、それどころじゃない。
「……っ、わかったから、そんな目で見ないで。キスしたくなる」
「なっ……!」
「ちょ、蓮こんなところで何言って……!」

　私だけでなく蓮くんのお母さんも反応したから余計恥ずかしさが増す。

　蓮くんは私の反応を見て小さく笑った後、ようやく離してくれた。

　そして心の準備をしてから、蓮くんのお母さんのほうを

振り向けば……。
　私と同じようにドレス姿の、そして私なんかよりずっと綺麗な女の人が、蓮くんがうれしそうな時と同じようなキラキラとした瞳で私を見ていた。
「な、何この子かわいい天使！」
　すると蓮くんのお母さんは勢いよく私に抱きついてきた。
　な、なんだろう……。
　いくつか蓮くんと重なる部分がある気がする。
　さすがは蓮くんの親だ。
　性格も似ている部分がある。
「ちょ、母さん菜穂に抱きつかないで」
「嫌だ、こんなかわいい子私の娘にしたいー！」
「……父さん、なんで母さん連れてきたの？　こうなることわからなかった？」
「わかってたけど仕方ないだろう。お母さんが行きたいって言ったんだから」
　それから少しの間、今度は社長さんを加えた３人で言い合いが始まってしまう。
　結局、事態が終息するまで、私は蓮くんのお母さんに抱きしめられたままだった。

「改めて自己紹介します、蓮の母です。菜穂ちゃんのことは知ってます」
　ようやく３人の言い合いが収まり、蓮くんのお母さんに

離された私。
　そして今ようやく自己紹介に入ったのだが、蓮くんのお母さんがさっきまでと違い、落ち着いて話すからどれが本当の姿かわからなくなってしまう。
「あ、えっと……桃原菜穂です！　よろしくお願いします！」
　だから少し緊張しながら私も自己紹介をした。
「……かわいい。私の娘にしたい、蓮の言ってたとおり天使だわ、この子」
「えっと……？」
　すると蓮くんのお母さんは、私をじっと見つめて笑う。
　天使、天使って……、上条一家の共通言葉というか隠語というものなのかな？
　だとしたらどういう意味があるのだろうか、と不安になる。
「母さん、これでもう気が済んだよね？　じゃあ、もうふたりとも部屋から出て行って。ていうかもうすぐ開場時間だよ？」
　その時、蓮くんが両親に向かってそう言った。
「まったく……。蓮は本当に菜穂ちゃんのことしか頭にないんだなぁ。たしかにこんなかわいかったら溺愛(できあい)したくなるのもわかるが」
「……父さん？　今の言葉、どういう意味？」
「あのなぁ、なんでもその考えに繋げるなよ。そもそも息子の婚約者を奪(うば)ってどうする」

せっかく落ち着いたのに、また軽い言い合いが始まってしまう。
「れ、蓮くん……」
　それを中断させるようにして、私は蓮くんの名前を呼んだ。
「どうしたの？」
　すると言い合ってる最中だった蓮くんだけど、すぐに私のほうを向く。
「あ、あの……言い合いとかは、よくない、から……。ダメ……」
　じっと蓮くんを見つめ、恐る恐る言う私。
　蓮くんに、私がこんなこと言っていいものじゃない。
　でもこれ以上言い合いになって本当に喧嘩になってしまったら嫌だし、何より内容が内容だ。
　蓮くんだってこんな私のことなんかで、そこまで言わなくてもいいのに。
　そんな思いも込めて蓮くんのほうを見つめれば、ふいっと顔をそらされてしまう。
　怒らせちゃったかな……と不安になっていると、蓮くんの頬がほんのり赤く染まっていることに気がついた。
　もしかして……照れてる？
　どうして？
「今の何？　ダメって言い方かわいすぎない？　上目遣い禁止だって言ったよね？　でも上目遣いしてほしい、これは矛盾だ、俺は一体この矛盾とどう闘えば……」

「れ、蓮くん落ち着いて！」
　蓮くんがまた変になってしまったから、慌てて止める。
「……ははっ、本当に蓮は菜穂ちゃんが好きなんだな」
「当たり前だよそんなの。めちゃくちゃ好き、大好き。だからふたりの時間を邪魔しないでよね」
「……っ」
　社長さんに対して、ストレートに言う蓮くんのせいで顔が熱くなる。
「あ、菜穂が照れちゃったよ。かわいいね」
　蓮くんはそんな私を見てうれしそうに笑うから、余計恥ずかしくて逃げ出したくなった。
「もー、ごめんね、蓮がこんな感じで。嫌なら私のところにいつでもおいで？」
　じゃあまた後でね、と蓮くんのお母さんは言い残して、社長さんと一緒に部屋を出る。
　社長さんにも『蓮をよろしくね』と言われたから急いで頭を下げ、私たちはまたふたりきりになった。
「やっとふたりきりになったね、菜穂」
「あ、えっと……私たちも行かないといけないんじゃ」
「せっかくふたりきりになれたのに？」
　じっと、悲しそうに見つめてくるからつい『そうだね』と言ってしまいそうになる。
　でも我慢だ、と心の中で唱えて蓮くんに私はまた言う。
「そ、それでも始まっちゃうから……」
「……どうして？　俺はそれでも行きたくないのに」

「だ、ダメだよ……。一緒に行こう？」
「……え、どこに？　ここのホテルの部屋？　それなら全然いいよ、そうだ部屋に行こう。最上階の部屋にしよう、夜景がとっても綺麗だからね」
　そしたら本当に蓮くんが私の腕を引いて部屋を出ようとするから、焦ってしまう。
「れ、蓮くん！　ちゃんと会場に行こう？　今日はダメだよ！」
　このままじゃ本当に蓮くんがパーティに参加しなくなっちゃう。
　社長さんの息子として、それはいけないことだ。
「……な、菜穂？」
　するとさっきまで私の腕を引っ張って歩き出した蓮くんが、その場で立ち止まる。
　やっと聞いてくれたのだと思い、安心していたら蓮くんが勢いよくこちらを向いた。
「い、い、い、今なんて？　きょ、今日はダメって、言わなかった？」
「……え？　そう言ったよ」
　蓮くんは何をそんなに驚くような、焦っているんだろう。
「えっ、じゃあ今日じゃなかったらいいの？　ホテルの部屋だよ？」
「う、うん……。蓮くんが泊まりたいなら私はいつでも……あ、別に私いなくて蓮くんひとりでも」
「それはダメ！　菜穂がいないと意味ないから。でも本当

の本当にいいの？」
「う、うん……。私は全然大丈夫だよ」
「菜穂、絶対意味わかってないだろうけど、俺は教えてあげないからね。ホテルの部屋ってどういうことかわかってる？ これ以上は言わないよ、今度泊まるからね！」

　ホテルの部屋がどういうところか……？
　そんなのわかるに決まってる。
　なのに意味がわかってないってどういうことなんだろう。
　蓮くんの言葉が逆に理解できなかったけど、それで蓮くんが今日パーティに出席してくれるのなら快く泊まるのに、と私は思った。
　そして私たちは部屋を出て、会場へと向かう。
　さっきよりも緊張がほぐれていたため、このホテルがどれだけ広くて綺麗なのかがわかった。さっき蓮くんから聞いたのだが、40階建てらしく、こんなに広いのも納得だ。
「すごい広いね……」
「パーティの会場になるくらいだからね」
「そ、そうだよね……。でも人はそこまでいない？」
　いや、十分に人は多いのだろうけど、思っていたより少ない。
　そもそも全員が正装だったから、一般客の人がいない？
「ああ、今日はここのホールは貸切だからあまり人はいないのかな。それでも結構な人数だけど」
「か、貸切!?」

す、すごい……まさか、こんな高級ホテルのパーティ会場のようなところを貸し切れるだなんて。
　さすがだ。
　やっぱり蓮くんは御曹司で、将来会社を継ぐすごい人なんだなって改めて思い知らされた。
　そんな蓮くんの婚約者が私だなんて……。
　本当にいいのかと今さら不安になる。
　だ、ダメだダメ……！
　今からパーティだというのに。
　婚約者らしく立派な振る舞いをしないと。
　そう思い、顔を上げる。
　その時、ふと大きな噴水がエントラス内にあるのに気がついた。
　結構目立つところにあるというのに、なんでさっきは気づかなかったんだろう。
　でも、なんかロビーと馴染んでる……から、かな？
　というか、この噴水……どうしてか、知ってるように感じるのは気のせいかな？
「……菜穂？　どうしたの？」
「あっ、いや……。なんか、この噴水に見覚えがあって」
　こんな高級なホテルだから、きっとテレビかなんかで紹介されていたのだろう。
　だから見覚えがあるのだ。
　第一こんな高級ホテルなんかに来た記憶なんてないし、ロビー内に噴水があったからインパクトが強くて頭に残っ

ていたのかな。
「見覚え、ね。じゃあ思い出せないんだ？」
「えっ……。う、うん。テレビかなんかで見たのかな……多分」
　気のせいかな。
　少し蓮くんの声のトーンが落ちた気がする。
「意外と来たことあるかもね」
「えっ……」
「さっ、着いたよ。ここが会場ね」
　蓮くんがボソリと何かを呟いた時、会場の入り口に着いた。
　入り口からまず金色の飾りがたくさんついている、あきらかに豪華なもので、扉の前にはスーツを身にまとったガードマンらしき人が立ちふさがっていた。
「じゃあ入ろうか」
「ま、待って！」
　蓮くんは一切躊躇わず足を進めるから、慌てて止める。
　迷惑かけてるのはわかるけれど、心の準備が必要なのだ。
「菜穂？　何かあったの？」
「あの……緊張して」
「何言ってるの、菜穂。大丈夫、菜穂だったら絶対いけるよ。俺から絶対離れないでね。他の人たちが絶対に菜穂を嫁にもらおうと目をつけるから」
「そ、そんなことあるはずないよ！」
「もー、自分のかわいさもう少し自覚して？」

蓮くんはそう言って、ふっと優しく笑うから、思わず胸が高鳴ってしまった。
「大丈夫、菜穂ならできるよ。俺が好きになった女の子だから」
　蓮くんは私を安心させるように笑いかけて、今度こそ扉に向かい、ガードマンらしき人に慣れた様子で声をかける。
　落ち着け、私。
　今の蓮くんの言葉、少しどころかとってもうれしくて、ドキドキして。
　なぜか頑張ろうって、強く思えた。

「おおっ、上条社長の息子さんだ」
「次期社長の子ね」
　中に入ると目視だけでも100人はいるだろうか。
　それほど多くの人たちが各々話していたのだが、騒がしかった会場内が一瞬で静かになった。
　そして、その人たちの視線はみんな扉の前に立つ私達に注がれている。
　いや、正確に言えば全員が蓮くんを見ていた。
　どうしてだろう。
　私が見られているわけじゃないのに、すごく息苦しい。
「上条さん、ご無沙汰してます」
「蓮さん、お久しぶりです」
　明らかに年上の人たちが、全員蓮くんに対して敬語で話しかける。

そうこうしているうちに、あっという間にたくさんの人で私たちは囲まれた。
　一気に緊張して、何人かが『こいつ誰？』というような視線を向けてくる。
「あの、蓮さん、この子は？」
　その時。
　私たちを囲んでいた人たちの中のひとりが、私を見て蓮くんに聞いた。
　思わずドキッとしてしまう。
　蓮くんは一体なんて答えるんだろうか。
　そう思っていたら、突然蓮くんに肩を抱かれ、引き寄せられる。
「この子は僕の婚約者です」
　蓮くんは一切躊躇わず、大人びた笑顔を浮かべて、その人に私のことを婚約者だと言った。
　途端に周りが騒がしくなるけれど、私はドキドキしてそれどころじゃない。
　とりあえず挨拶しないと……と思い、頭を下げる。
「こ、婚約者の桃原菜穂です。よろしくお願いします！」
　一瞬言葉に詰まってしまったけど、なんとか挨拶できた。
　やっぱり心の中では、きちんと礼儀を習っておけばよかったという後悔でいっぱい。
「そうですか、もう蓮さんに婚約者が……」
「はい。本当に素敵な女性で僕にはもったいないです」
　蓮くんはお世辞か、気をつかってそう言ったのだろうけ

ど、それでも私は嬉しくて胸が高鳴る。
　もったいないだなんて……。
　その言葉、私が蓮くんに言いたい。
　私に蓮くんはもったいないって。
「まあ、そこまで素敵な方なのですね。桃原さん、どうぞよろしくお願いします」
　すると蓮くんの言葉を聞いた女の人が私に敬語で挨拶してきた。
　こんな私にまで敬語だなんて……本当に申し訳なくなったけれど、とりあえず頭を下げる。
　そんな中、すぐ近くでこそこそと話す声が聞こえてきた。
「蓮さんの婚約者だからすごい人なんでしょうね……」
「そうですな。でも桃原って名前、聞いたことあるか？」
「さあ？　どういう繋がりが……」
　これは、わざとだろうか。
　明らかに私に聞こえるように話している。
　だけど蓮くんじゃなくて私に対してのことだから、聞こえなかったふりをしようとする。
　でも、こそこそと話す声は止まらなくて、周りにまで広がる。
「もし中小企業の方なら……」
「ご両親はどこかの社長なのかしら」
「社長だとしても小会社なら釣り合わないだろう」
　さっきまで、頑張ろうと思っていたのに、一瞬にしてその気持ちが消えてしまう。

どうしよう……苦しい。
　息がしにくくなる。
　そりゃそうだ。
　私なんかが、蓮くんの隣にいること自体おかしいというのに。
　ただ、泣くことだけは我慢しようと思い、自分の手をぎゅっと握ったその時……。
「人の価値は、地位やお金で決まるものじゃないと僕は思います。この子は今までもこれからも、僕の心の支えになってくれる人です。どうか温かく見守ってください」
　蓮くんはそれだけ言って頭を下げると、私の腕を引き、会場の真ん中へと歩いて行く。
「あ、あの……蓮くん！」
「……ほっとけばいいよ、全部」
「えっ……？」
「菜穂のこと何も知らない奴らが、あんなにも菜穂を貶(おと)しめるようなことを言うなんて俺が絶対許さないから」
　その時、私が見た蓮くんは、落ち着きのある雰囲気に真剣な表情をしていて、少し怖いとさえ思ってしまった。
　だけどその言葉はうれしくて、ドキドキして。
　さっきまでのマイナスな感情がなくなったのもまた事実だった。
「大丈夫、菜穂には俺がいるから。何があっても絶対守るよ」
　蓮くんがそう言って真っ直ぐ私を見つめてくるから、心から安心できた。

そしてその後も蓮くんと一緒に挨拶にまわり、ある程度終わったところで、スーツを着た堅そうな人が蓮くんに話しかける。
「……蓮様」
　"蓮様"と呼ぶ人だから、きっと執事さんか誰かだろう。
「どうしたの？」
「どうしたって……何をしているのですか。もうすぐ挨拶が始まりますよ」
「何言ってるの？　僕は挨拶しないって社長にも伝えてあるから」
　蓮くんは今、"社長"と言った。さっきの部屋では父さんと呼んでいたのに。それに、自分の呼び方も変わっている。
　それで蓮くんは今仕事モードだということがすぐにわかった。
　蓮くんはいつもどおりに見えて、ちゃんと切り替えをしているのだ。
「蓮様、いくら社長が挨拶をしなくていいって言ったとしても、挨拶をしないといけません。それが常識というものです」
「それでも僕はやらないよ？　今日は菜穂から離れないって決めたんだ」
「挨拶なんてほんの少しの時間です。その間は私が桃原様のお側にいます」
「そんなの無理だよ、菜穂が僕以外の男と一緒にいるだな

んて考えられない」
　蓮くんはそう言うと、私の腰に手をまわす。
「蓮様、私はあくまで執事として桃原様をお守りするだけです」
「だから僕が守るの」
　やっぱりスーツを着た人は執事さんだったらしく、蓮くんを説得している。
「蓮様、もう少し次期社長としての自覚を持ってください」
「社長になっても僕の優先順位は菜穂が一番だから」
「蓮様」
「れ、蓮くん！」
「菜穂、どうしたの？」
　きっと執事さんだから、あまりきつくは言えないのだろう。
　執事さんが困ったような顔をしていたから、今度は私が蓮くんを説得しようと思った。
「私、蓮くんが挨拶してるところ見たい！　きっとかっこいいだろうな……ううん、絶対かっこいい」
　私がかっこいいって言ったところで、多分蓮くんは聞かないのだろうけれど。
　そう思いながら蓮くんを見てみれば、なんと頬を赤く染めて固まっていた。
　これには予想外で驚いてしまう。
　もしかしてかっこいいとか言われ慣れてないのかな？
　でも本当にかっこいい人なのだから、言われてるに違い

ない。
　それでも慣れない、とかかな。
　蓮くんにもかわいいところがあるんだなって、少し微笑ましい。
「……菜穂」
「は、はい！」
「そんな言葉、どこで覚えてきたの？　そんな褒め方、どこで覚えてきたの？　ねぇ、俺がそんなこと言われて聞くと思ってるの？　もちろん全力で聞くよ！　挨拶なんてすぐ済ませるからね菜穂、大好きだよ。後でたくさんイチャイチャしようね。じゃあ菜穂のこと頼んだよ」
　蓮くんは頬をほんのり赤く染めたまま、早口で話し、ステージの方へ向かった。
　そして私と執事さんは取り残され、ふたりして苦笑する。
　なんとなく気まずかったのと、会場にいたらやっぱり少し息苦しくて、私も少しだけ外に出ようと思った。
　最初、執事さんには反対されたけど、すぐに戻ると伝えて扉の方へと向かう。
「ねーねー、ここすっごく広いねぇ！」
「こら、静かにしなさい」
　その時、ふとひとりの小さな子どもがお母さんと話している声が聞こえてきた。
　すると脳裏に昔の記憶が蘇ってきた。
『パパ、ここすごく広いよ！』
『菜穂、ここではお父さんと呼びなさいって言ったばかり

だろう?』
『忘れてた！ お父さん！ ここ、大きいね！』
　やっぱり私、ここに一度来たことがある?
　思い出した昔の記憶の中で、私とお父さんがいた場所はこの会場と似ていた。
　少し頭に引っかかりながら、会場の外に出る。
「あれ、もしかして……」
　確かその時、私はトイレに行きたくなって、誰かに場所を聞いて案内された記憶がある。
「こっち、かな……」
　本当に広いから、わからなかったのだ。
　昔の記憶をたどってみると、やっぱり合っていた。
　どうやら本当に私は一度、ここに来たことがあるらしい。
　それを思い出したところで何もないし、だけどなぜかしっくりこない。
　まだモヤモヤした感じが残っている。
　だけど考えてもわからないから、私は少し心を落ち着かせてからまた会場に戻って執事さんの隣に行くと、ちょうどその時に蓮くんの挨拶が始まるところだった。
　蓮くんが舞台に立ち、一礼する。
　みんな拍手を送り、蓮くんの言葉を待った。
　堂々としている蓮くんは本当にかっこいい。
　私だったら絶対に怖気づいて、挨拶なんて無理だ。
　それなのに蓮くんは堂々としていて、表情もいつもどおりで、その姿は誰よりもかっこいいと思った。

「みなさま、このたびは上条主催のパーティにご参加いただき、誠にありがとうございます。次期社長の上条蓮です」

最初は簡単な挨拶から入り、その後もいくつか会社に関する話をしたところで蓮くんの挨拶が終わる。

蓮くんは大勢の視線が向けられるなか、プレッシャーを感じ、不安と闘いながらここまでやってきたのだ。

それって簡単なことじゃないし、誰にでもできることではない。

「若いのに本当にしっかりしてるのね」
「さすが上条さんの息子さんだわ」

その時、私の近くにいた3人の女の人たちが蓮くんの話をしはじめた。

私のお母さんぐらいの世代に見える。

あんな立派な挨拶をした蓮くんだ、そう言われるのも当然なのだろう。

「逆に上条さんの息子さんだから、あれぐらいはできないとねぇ」

そのなかのひとりがどこか嫌味っぽい言い方をする。

ムッとしたけれど、ここは我慢しようと思いつつもまた耳を傾ける。

「でも、あの子、本当に丸くなったわ」
「えっ、それどういうこと？」
「昔はあんな感じじゃなかったの？」

えっ……？　丸くなった？

それには私も驚いて、思わず女の人たちのほうを見てし

まいそうになるが、必死で耐える。
「そうよ。まだ小さかったから、小学生のころかしら？ もうヤバかったんだから。無愛想でおごり高ぶった態度だし、"俺は後継者なんだぞ"って言ってるような感じがして苦手だったのよね。子どものくせして大人ぶってさ、あれには腹が立ったなぁ」
　その女の人の本心なんだろうけど、言っていいことと悪いことがある。
　しかもここには蓮くんもいるわけだ。
　どうしてそんなこと、堂々と言えるの？
　女の人の言葉に驚いた以上に、許せなかった。
「えーっ！　そうなの？」
「もしかしたら今も思ってるかもね。"お前らと俺は違うんだ"、みたいな？」
「うわーっ、思ってそう！　ずる賢いわね絶対！」
　蓮くんが今までどんな思いでここまでやってきたのか、私だってわからないし、その人たちも知らないのに。
「あ、あの」
　気づけば私は女の人たちのところへ行き、声をかけていた。
「も、桃原様……!?」
　隣にいた執事さんにも驚かれたが、もうその言葉は私の耳に届いていなかった。
「……誰、あなた？」
　明らかに私を不審がる目で見られたけれど、気にしない。

「蓮くんのこと……悪く言わないでください」
「……はい?」
「蓮くんはそんな人じゃありません! 今の言葉全部取り消してください!」
「はぁ? そもそもあんた誰? 見たことない顔だし子どもが誰に向かって口利いてるのかわかってんの?」

途端に女の人の態度が変わり、怖くなるけど震える指先をぎゅっと握る。

頑張って目をそらさないように、じっと女の人を見つめ返した。

だってこの人たち、本当のことなんてわからないのに蓮くんのこと悪く言ったから。
「ねぇ、あなたどこの誰? せめて名乗ってくださらない?」
「あなたはどこの会社のご令嬢様かしら」

自信たっぷりの顔で私に質問してくる女の人たちはやっぱり怖い。

そうやって人の価値を決めるんだ。

それで自分より格下だと思ったならバカにして、自分よりも格上で敵わないと思ったら、こうやって陰口を叩く。

これが蓮くんの生きてきた世界なのかもしれない。
「黙ってないでなんとか言えば? 本当、イライラする」

それ以上何も言えずにじっと女の人たちを見つめる私に腹が立ったのか、キレ気味に話されたその時。

突然、誰かの手が私の肩に回される。

「すいません、この子が何か失礼なことしてしまいましたか?」
「そうなのよ、いきなり偉そうな口を利いて……。えっ、蓮さん……!?」
「どうして上条さんがここに!」
　さっきまで舞台で挨拶してたはずの蓮くんが、今、私の隣にやってきたのだ。
　助けに、きてくれた?
　驚きのあまり蓮くんを見るけれど、蓮くんは明らかな作り笑いを浮かべ、女の人たちを見ている。
　落ち着いた雰囲気が、今はどこか怖い。
「いや、えっと……」
「ねぇ、この子もしかして……みんなが言ってた婚約者じゃない?」
「う、嘘!?　まさかこの子が?」
　途端に女の人たちの顔色が変わる。
「この子が悪いことしたのなら謝ります。本当に申し訳ありません」
「い、いや、あの……素敵な婚約者ですね!　あはは……し、失礼します!」
「ちょ、逃げないでよ……!」
　最終的に3人全員が慌てて挨拶をして会場から出て行ってしまう。
　蓮くんを見てここまで変わるなんて、驚きで私は声も出なかった。

少しの間、お互い何も話さないまま、並んで立っていると、蓮くんが私のほうを向いた。
「……菜穂」
　思わずビクッと肩が震える。
　だって蓮くんに迷惑をかけてしまったのだから。
　怒られるかもしれないと思った。
「あ、あの……本当にごめんなさい……きゃっ！」
　謝ろうとすると、突然手を握られ、蓮くんが歩き出してしまう。
　自然と足が動き、私もそのまま一緒に蓮くんについていく形になる。
　そして連れてこられたのは、会場に入る前にいた控え室で。
　どうしよう……。私が後先考えずに行動したから怒らせてしまったんじゃ……。
　帰れと言われたらどうしよう、とかそれぐらいのことをしたのだから当然だ、とか頭の中を負の考えが駆け巡る。
　もし蓮くんに突き放されたらと思うと、嫌だと素直に思った。
　嫌だ、蓮くんに嫌われたくない。
　そして部屋の中に入るなり……ふわりと体が一瞬宙に浮いた。
　そして、背中に回される蓮くんの手。
　ぎゅっと抱きしめられたのだ。
　いつもより少しきつく。

「菜穂、怖かったよね。ごめんね、助けるの遅くなって」
　蓮くんは悪くないし、むしろ私が謝らなきゃいけないのに。
　私も何か言わないとって思うけれど、私自身さっきの女の人たちが怖くて、今やっと安心できる自分がいて。
　蓮くんに抱きしめられてほっとするあまり、自然と涙が溢れてきた。
　私が悪いのに、私が勝手に行動したのに、泣くなんて最悪だ。
「ごめんなさい……蓮くん、ごめんなさい。私が悪いの」
「菜穂は何も悪くないよ。正直言うと、すごくうれしかった。菜穂が俺のことかばってくれて」
「えっ？」
　かばってくれて……？
　じゃあ、もしかして蓮くんもあの時、聞いてたってこと？
　それは一大事だ。
　蓮くんは絶対に傷ついてるに決まってる。
「蓮くん！　あの人たちが言ってた言葉なんて、気にしたらダメ、だからね！」
　涙目で、絶対に今の私、ブサイクだろうけど気にしない。
　顔を上げると、私を見た蓮くんは目を見張る。
「菜穂……」
「蓮くんはすごく優しいしかっこいいし、いつも自分よりも周りを優先してくれる人、なのに……どうしてあんな言い方されないといけないの？」

涙が溢れ出て止まらない。
「今の菜穂の言葉だけで十分だよ。逆にああ言われてるのに慣れてるから、菜穂の言葉が新鮮で本当にうれしい」
　そう言って、蓮くんがまた抱きしめる力を強める。
　私からも蓮くんの背中に手を回して抱きしめ返した。
「本当に菜穂は優しいね。温かい」
「私なんかより……蓮くんのほうが優しいから」
「……あー、ダメだ。ダメだよ、菜穂」
「えっ……？」
　何がダメなのかわからなくて聞き返す。
「もう無理、今日は帰ろう。ちゃんと挨拶したし、俺の役目は終わったから父さんに連絡する。菜穂、迎えを呼ぶから着替えておいてね」
「え、あ、でも……」
「いいから。帰るって決めた」
　それだけ言い残して、蓮くんは私から離れると、部屋から出てしまう。
　もう少し抱きしめられていたい気分だったけれど、呼び止めるわけにもいかないから、ただ閉まるドアを見つめた。

　結局、帰ることになった私たち。
　蓮くんも私も私服に着替え、迎えに来てくれた車に乗り込む。
　帰り道はお互い、特に何も話すことなく隣同士で座っていた。

ただ沈黙が続いても気まずく感じないのは、きっと蓮くんに左手が握られているから。
温かくて、家に着くまでずっとこうしていたいって思った。
そして40分ほどで家に着いた。
「菜穂、先にお風呂入っておいで」
「あ、うん……」
なんとなく、帰ったらふたりでお話ししたり、抱きしめられたりするのかなって思っていたから、勘違いした自分がすごく恥ずかしかった。
それを隠すように急いで浴室へと逃げる。
洗面所の鏡に映る私の顔は、ほんのり赤くて照れていた。
なんてことを考えていたんだろうって。
恥ずかしい気持ちをかき消すようにしてお風呂に入った後、髪の毛を乾かしてからリビングのソファに座り、次にお風呂に入った蓮くんを待つ。
今日はいろんなことがあったな。蓮くんのお母さんに挨拶したり、大勢の人たちが集まるパーティ会場で堂々と挨拶していた蓮くんはやっぱりすごいなって思ったり、今まで蓮くんが生きてきた世界を垣間見たようでいろいろな感情が入り混じっていた。
それから、あのホテル。
絶対に知ってるんだよね……。
多分お父さんと一緒に行ったことがあるんだと思う。
どうにかして昔の記憶を取り戻そうと必死に思い出して

みるけど。
　あれは小学生の時だったのかな……？
「あーダメだ、やっぱり思い出せない」
　むずむずした気持ちになる。
　どうしても思い出せない。
　しばらくの間、そんなことを考えているうちに蓮くんがお風呂から上がり、リビングに戻って来た。
「菜穂、難しい顔してどうしたの？」
「あっ、蓮くん」
　まだ少し濡れている髪をかき上げる蓮くんは、どこか色っぽさがあり、思わずドキッとしてしまう。
　蓮くんはいつものように私の隣に座った。
「何か考え事でもしてたの？」
「あっ、う、うん……。今日のホテル、絶対知ってるなって」
「まだ思い出せてないんだ」
　蓮くんはそう言って目を細めながら笑った。
　絶対に記憶力ない奴だって思われたよね……。
　実際そうなのだから仕方がない。
　すっかり忘れてしまっているのだから。
「じゃあ、そんな菜穂にヒントをあげるよ」
「えっ……ヒント？」
　どういうこと？
　だって、ヒントっていうことは、蓮くんは答えを知ってることになるよ？
　今の蓮くんの言い方に少し違和感を覚えた。

「そう、ヒント。菜穂と俺は小さい時に一度会ってます」
「……え」
　蓮くんがあまりにさらっと言うものだから、聞き間違いなのだと思ってしまう。
　けどたしかに今、蓮くんは……私と小さい時に会ってるって、言った。
「う、嘘だ……」
「嘘じゃないよ、本当」
「じゃ、じゃあ蓮くんは私のこと、知ってたって言うの？」
「知ってたも何も、菜穂がいるから今通ってる高校に入ったんだから。ついでに言うと同じクラスにしてもらったしね」
　内緒だよ？って蓮くんは言うけれど、今度は驚きのあまり声すらも出なかった。
　私がいるから？
　じゃあ蓮くんと私が同じ高校で同じクラスになったのは必然だったってこと？
「やっぱりそうなるよね」
「だ、だって……」
　どういうこと？
　私と蓮くんはいつ、どこで出会ったの？
「覚えてない？　今日のホテルで昔も父さんが主催したパーティに、菜穂と菜穂のお父さんが参加してたんだ。小学校３年生の時だったけど、俺は印象が強くて今も忘れられないよ」

蓮くんが懐かしそうな顔をする。

その眼差しは温かくて優しいものだった。

小さい頃にもパーティに……。じゃあ、やっぱり私はお父さんと一度来たことがあるんだ。

はしゃいでいた記憶は残ってる、けど……。

『同い年なの!? すごくかっこいい人だねぇ!』

その時ふと、また記憶の断片が脳内で再生される。

「……あ」

なんとなくだけど、思い出したかもしれない。

私と同い年の男の子がいたこと。

お父さんに同い年だって言われて、まだ小さいのにすごいなって思った記憶がある。

でもその男の子は確か……。

「思い出した? 多分、その頃の面影(おもかげ)なんてひとつもないと思うけど」

蓮くんは苦笑した。

そう、私が思い出した男の子は無表情で、冷たい目をしていた、はず。

「昔の俺ってね、だいぶひねくれた性格してたんだよね」

今もかもしれないけど、なんて付け足して笑う蓮くん。

その笑顔はどこか作ってるように感じた。

「小さい頃は、親が俺に会社を継がせようとして必死だったんだ。今みたいに優しくないし、ずっと厳しくて英才教育っていうのかな? いろいろ習い事させられたり勉強とかも嫌々だったけどやらされてた。本当に嫌で何度も言っ

たけど親は聞いてくれなくて、全部諦めてたんだよね。だから親のことも嫌いだったし、こんなにやらされてるのに周りは"社長の息子だから当然だよね"って目で見てくるし。なんなら人嫌いだったなぁ、あの頃は」

　知らなかった。

　ずっと蓮くんは辛い思いをしてきたのだ。

　それこそ私には想像もできないくらいに。

「態度は悪くて、性格も悪くて、挨拶さえろくにしないし、いつも睨んでばっか。だから周りから見たら完全に悪ガキだっただろうね」

　子どもの頃の蓮くんを私は知ってるわけじゃないから、否定も肯定もできなくて、ただ黙ることしかできない。

「それでさ、父さん主催のパーティがあった時にね、俺と同じくらいの子どもが何人も参加してて。『金持ちの息子っていいな』とか『すごく生意気だね』とか、子どもって、思ったことなんでも素直に言うでしょ？　それで結構傷ついたし、もうどうでもいいって思ってた時、ひとりの女の子が言ったんだ。『私と同じ年なの!?　絶対ドキドキするはずなのに、泣かないなんてすごいね』って。びっくりして思わずその子を見たら、とってもかわいくて……。その子が菜穂だったんだよ」

　……あ、多分言った。

　子どもの頃の私って、今みたいに周りの目なんて気にしてなかったし、思ったことをなんでも素直に言えてたから。

「菜穂、覚えてないだろうけど俺のところにも来たんだよ。

すっごいかわいく笑って『かっこいいね、素敵だよ』って。『ドキドキするだろうけど頑張ってね』って応援する言葉をかけてくれたんだ。俺は菜穂を見て、女神様が降臨したと素直に思ったよね。神様とか信じたこともないのに、子どもながらにその時は信じたよ。大人になったら絶対に俺この子と結婚するんだって思った」

 そ、その時から結婚すると思ってたの？
 もしかしたらそれから蓮くんは変わったのかな？
 いい意味で、だったらいいのだけれど……。
「それからね、パーティに参加するってことは俺の会社と繋がりがあるってことだから、調べたら、菜穂のお父さんが小さな会社を立ち上げたことがわかって。俺は菜穂にふさわしい人になろうと、そこからは本当に完璧な人間を目指して頑張ったんだ。俺が変われば変わるほど、厳しかった親の態度も変わって、今じゃ今日みたいな仲だよ。ある程度、親からも信用してもらえてるし。こうなったのも菜穂のおかげ。俺と出会ってくれたから」

 蓮くんは私を見て優しく笑う。
 今度は自然で綺麗な笑顔だった。
「か、変わったのは蓮くん自身だから……。私のおかげじゃないよ」
「ううん、きっかけをくれたのは菜穂だよ。でも菜穂はこんな俺を気持ち悪いと思わないの？」
「え？　どうして？」
「どうしてって、菜穂のことをいろいろ調べたりしたんだ

よ？　出会ったのも必然なわけだし、菜穂のお父さんの会社の経営状態が悪くなっていってるのも知ってた。だから最初は直接プロポーズをして、もし断られたら最終手段で政略結婚にしようと思ってたくらいだし」
「そ、それでも気持ち悪いなんて思わないよ？　だって蓮くんは誰よりも優しい人で、温かい人だし、私の憧れでもあったし……全然気持ち悪くなんてない」
　そう言って私が笑えば、蓮くんはそっと私を抱きしめる。
　やっと抱きしめてくれた、だなんて思ってしまう私のほうが、もしかしたら気持ち悪いのかもしれない。
「菜穂のほうが優しいし、温かいし、本当に素敵な人だよ。本気で俺、菜穂じゃないとダメ」
　そう言われてうれしいと素直に思ったし、私も蓮くんじゃないとダメなんだなって思った。
　あれ？　この気持ち、もしかしたら……好きって感情なのかな。まだ確信は持てないけれど……。
　蓮くんのそばにいられることが本当に幸せだと思った。
「菜穂、好きだよ、本当に大好き」
　そう言って蓮くんは、力いっぱい私を抱きしめた。
　そんな蓮くんに私も身を任せたら、心も体も温かくなった。
　いつかこの気持ちを蓮くんに伝えられたらいいな、と思いながら。

この気持ちの正体

「菜穂、おはよう。今日から学校だよ」
　夏休みが終わって、今日から新学期が始まる。
　朝から蓮くんに起こされ、目を開けるのだけれど……。
「……菜穂？　どうしたの？」
「う、ううん……なんでもない、おはよう」
　なんだか体がだるかった。
　昨日まではなんともなかったのに。
　慌てて起き上がると、いつものようにお姫様抱っこをされてしまう。
「あ、あの……」
「もうそろそろ習慣になってきたね」
　蓮くんはうれしそうに笑うけれど、私が慣れることは一生ない気がする。
「このままご飯を食べさせてあげることにも成功したら、もっとうれしいんだけど」
「ダ、ダメ！」
　恥ずかしくて逆に食べることができない。
　熱くなる私の顔を見て、蓮くんがまたうれしそうに笑った。
　蓮くんが作ってくれた美味しそうな朝食だけれど、今日はなぜか食欲がなくて、頭もぼーっとしてきた。
　それでも心配かけたくないし、私が学校を休むって言ったら、蓮くんも休みそうな気がするから平気なふりをする。
　そしてなんとか蓮くんに体調が悪いことを気づかれずに、車に乗り、学校に着くことができた。

「じゃあ、また帰りね、菜穂。今日は午前で終わるから頑張れるよ」
「うん、私もだよ」

　だって蓮くんといつもよりも長い時間一緒に過ごせるからうれしくてつい本音を言ってしまい、後から恥ずかしくなって蓮くんの反応を見ずに私は背中を向けて門へと向かった。

「うう……やっぱりだるい……」

　門を通り、自分の靴箱に手をついてため息をつく。

　どうしよう、今日は午前中で学校も終わりだから病院行こうかな……。

　でも、蓮くんに心配かけたくないし、寝たら治る気もする。

「……おい」

　だけどこれ以上悪化したらやばいかもしれない。

「おい、桃原。邪魔」

「……え、あっ、秋野くん！　ご、ごめんね……おはよう」

　声がするほうを向けば、いつもどおり不機嫌そうな顔で私を見る秋野くんがいた。

　実は図書室での一件以来、挨拶や軽く言葉を交わす程度にまでは親しくなった私たち。

　みんなにはよく喋れるねって言われるけど、話してみれば秋野くんはいい人だし他のみんなと変わらない。

「……はよ」

　ほら。

今だって挨拶してくれた。
「おい、なんかあったのか？　様子が変だけど、お前」
「えっ？」
　そんなに様子がおかしかったのだろうか。
　まさか秋野くんにそう言われるとは思っていなくて、戸惑ってしまうけれど、慌てて笑顔をつくる。
「なんでもないよ。今日から新学期が始まるなぁって思って」
「あー、確かにそれはあるな」
　うまく誤魔化せたのだろうか。
　秋野くんがふっと軽く笑い、耳につけていたヘッドフォンを首元に下ろした。
「次は冬休みだよ」
「もうそんな先まで考えてんの？　まだ文化祭とか修学旅行もあるけど」
「あっ、本当だ。冬休みどころじゃないね」
　文化祭は9月の後半にあるから、言っているうちにもうすぐだ。
　それから私たちは自然とふたりで並んで教室へと向かう。
　なんだかんだこうやって並んで歩くのは初めてで、登校中の生徒から視線を浴びた。
　当たり前か、だってかっこよくて、だけど恐れられてる秋野くんと並んで話しているのだから。
　でもみんな見た目で決めすぎだよ。

って言っても、私もそのうちのひとりだったのだけれど。
「じゃあ、もしなんかあれば言えよ?」
　もしかしたらこの時にはもう私の体調が悪いということに秋野くんは気づいていたのかもしれない。
　朝は蓮くんに対して必死に隠そうとしていたけど、いざそれを乗り越えたら安心して、どっと疲れが出てきたのだ。
　だけど今日は早く帰れるし、家でお昼寝しようと思い、秋野くんにお礼を言って私たちはそれぞれ自分の席についた。
「……えー、最後になりましたが、まだまだ暑い日が続くので……」
　あの後、簡単なホームルームを終え、今は体育館で始業式。
　相変わらず校長先生だけでなく、他の先生も話が長くなかなか辛い。
　暑いから体がだるくてぼーっとするのか、それとも風邪か。
　わからないけれど、だんだんと悪化しているのはわかった。
「では、これで始業式を終わります」
　これは本当にやばいかもしれない。
　とりあえず保健室に行こうと思った。
　もう観念するしかない。
　だけど蓮くんにはバレたくないから、彼が友達に囲まれて体育館から出ようとするのを確認してから、私も立ち上

がった。
　立ち上がったはず、なのだけど……ぐらりと視界が大きく揺れた。
　やばい、フラフラする……。
　倒れるわけにもいかず、視界が揺らぐなか、俯いて立ち止まる。
　だけど立っているのも辛くなって……。
「……桃原！」
　誰だろう。
　誰かの声が聞こえた。
　誰かが私の名前を呼んでる……？
　だけど振り返る力もなくて、そのまま後ろに倒れる……はずだったのに。
　誰かが私の後ろにいてくれてなんとか倒れずにすんだ。
　私はその人にもたれかかり、身をあずけた。
　ダメだ、迷惑をかけてしまうから早く起き上がらないと。謝らないと。
　頭ではわかっているのに、体が動いてくれない。
「おい、大丈夫か？」
　あれ……この声、どこかで聞いたことある。
「ったく、無理すんなよ、このバカ」
　男の人の声なのはわかった。
　だけど誰なのかは特定できないでいると、突然、体がふわりと宙に浮いた。
　あ……この感覚、知っている。

そう。
　毎朝、蓮くんにされるお姫様抱っこ……。
「蓮、くん……？」
　こういうことをするのは蓮くんだけだ。
　ついに目を開けることもできなくなり、だんだんと意識が遠くなっていった。
　ただ、蓮くんだと思いこんでいたから、身を任せるようにして寄り添う。
　目が覚めたらきっと蓮くんに心配されるだろう。
　もしかしたら怒られるかもしれない。
　そう思いながら、今度こそ完全に意識が途切れてしまった。

「……ん……」
　次に目が覚めた時には、保健室のベッドに私はいた。
　あれ……私ってどうしてここに。
「あっ、菜穂起きた？　体調はどう？」
「……え」
　ベッドの横の椅子に千秋ちゃんが座って、心配そうに見つめていた。
　どうして千秋ちゃんがここに？
　あれ、そもそも……。
「が、学校……！　千秋ちゃん、授業は？」
　勢い余って起き上がってしまう。
　また少しめまいがしたが、それどころじゃなかった。

「落ち着いて、寝てていいから。さっき終わったばっかだよ」
「終わったばっか……？　そういえば、なんで千秋ちゃんは私がここにいるって知ってるの？」
「そんなの当然じゃない！　始業式の後、突然、悲鳴が聞こえてきたと思ったら、あの一匹狼の秋野が菜穂のことをお姫様抱っこしてたのよ！　ふたりはいつの間に付き合ってたの？」
「え……？　お姫様、抱っこ……？」
　千秋ちゃんの言葉がすぐに理解できなくて、固まってしまう私。
　だって、今……お姫様抱っこって言った、よね？
　あれ？
　確か私って体育館でめまいを起こして倒れちゃって、それから……それから？
　それから、私はどうしたの？
　確か、確か……。体が宙に浮いたような気がして、意識がなくなって……。
　蓮くんだと、思っていた。
　夢の中で蓮くんが私をお姫様抱っこしてるのかなって、勝手に思い込んでいた。
　夢心地だって。
　でも本当は違った、秋野くんが私をお姫様抱っこってどういうこと……？
「ち、千秋ちゃん今の本当……!?」
「当たり前じゃない。じゃあなんだ、付き合ってないの？」

「付き合ってないよ！」
　だって私には蓮くんがいるから。
「いやぁ、まさかあの秋野がね。心配そうにしてたし、つい付き合っているのかと」
　千秋ちゃんがそう言いかけたその時。
　ガラリと勢いよくドアが開いた。
「菜穂！」
　その声は聞き慣れた蓮くんの声で。
　焦った感情が含まれていた。
　ど、どうしよう！
　今ここには千秋ちゃんがいるのに。
　このままじゃバレてしまう、と思ったけど何もできずにいるうちに蓮くんがカーテンを開け、中に入ってくる。
　走ってきたのだろう、蓮くんの息が乱れ、私をじっと見つめた。
　かと思えば突然ぎゅっと力強く抱きしめられる。
「菜穂、菜穂、よかった……無事でよかった！　本当にごめんね、菜穂がこんなに苦しんでたのに気づかずにごめんね。本当に俺は最低だ、生きる価値がないよね、菜穂が死んだら俺は生きていけないよ、菜穂。こんな俺を気がすむまで痛めつけていいからね」
「れ、蓮くん……落ち着いて！」
　蓮くんが、いつもの蓮くんになっていた。
　千秋ちゃんは驚いて声も出ないのか、ひと言も話さない。
　千秋ちゃんのほうを見たくても、蓮くんに抱きしめられ

ているから身動きとれないし、ただ彼を落ち着かせようと声をかけた。
「落ち着けないよ、俺のかわいいかわいい菜穂が醜い病原体に苦しめられていたのを俺は気づかなかったんだ。人間失格だ、俺はゴミ以下だ、これからゴミって呼んでくれてもいいぐらい、俺はもう一体何者なんだ」
「えっ……ちょ、菜穂？　いろいろ急展開すぎて頭がついていかないんだけど……この変人は、上条で合ってるの？」
　ここでようやく千秋ちゃんが口を開いた。
　もう隠すことなんてできない、よね。
　諦めてすべて話そうと思えば、また蓮くんが話し出した。
「菜穂、早く病院行こう。予約してあるし入院準備もできてる。状態によってはすぐに手術もできるよう医師の準備もしてあるからね」
「そ、そこまで酷くないし、寝てたら楽になったから大丈夫だよ……！　その前に千秋ちゃんに話さないと」
「……え？　今ここには俺たちしかいないよ？」
「は？」
　その時、蓮くんが驚きの発言をして、千秋ちゃんが少しトーンを落とした声を上げる。
　蓮くんは私の言葉に驚いたのか、私と少し距離を開けて見つめてきた。
　そんな蓮くんの目はしっかりと開いている。
　これは演技ではなさそうだ。
　じゃあ、もしかして本気……？

「ほ、ほらそこに千秋ちゃんがいるよ？」
　私が千秋ちゃんのほうを見れば、蓮くんも同じようにして見た。
　千秋ちゃんは大きく目を見張り、ただただ固まって呆然としている。
「……あ、峯田さん、いつの間に来てたの？　ごめんね、気づかなくて。ありがとう、菜穂の心配してくれて。峯田さんには感謝しかないよ」
　蓮くんはそう言って爽やかに笑うけれど、千秋ちゃんの反応はあまりよくない。
　だけどこんなすぐ近くに、真っ先に蓮くんの視界に映るようなところに千秋ちゃんはいたのに、どうして気づかなかったの……かな。
　それだけ心配してくれていた、とか？
「ちょ、ちょっと上条！　菜穂とはどういう関係なの？」
　その時、千秋ちゃんが今度は蓮くんに質問した。
「だ、だめ……！」
　その質問に答えてはいけない。
　そう思い慌てて止めようとしたけれど、もちろんすでに遅くて。
「菜穂とどういう関係か？　そんなの未来の夫婦だよ。今はまだ婚約者だけどね、卒業したら結婚してふたりで幸せな関係を永遠に築いていくんだ」
　ああ……やっぱり無理だった。
　千秋ちゃんは蓮くんの言葉を聞いて、また固まってしま

う。
　今日、千秋ちゃんがこんなに固まるほど驚いたのはこれで３回目だったけれど、今のが一番驚いている様子だった。
「こん……やく、しゃ？　こんやく、しゃ……婚約者って、えぇ!?　ど、どういうこと？　結婚するの？　いったいどういう関係なの!?」
「ち、千秋ちゃん落ち着いて……」
「峯田さんごめんね、菜穂は今、病原菌に苦しめられているからそれどころじゃないんだ。また後日、絶対にちゃんと話すから今日のところはごめんね」
　私は千秋ちゃんを落ち着かせようとしたら、蓮くんにまた抱きしめられて言葉を制されてしまう。
「れ、蓮くん……私、大丈夫だから」
「菜穂、帰ろうか」
　蓮くんはそう言うと、私をいつものように抱きかかえるような態勢になる。
「れ、蓮くん待って……！」
　それは一大事だった。
　あの時は意識を失ってたから秋野くんにお姫様抱っこされててもまだよかったものの、今回は違う。
　それにかっこよくて有名なふたりにお姫様抱っこされただなんて、絶対に許されることじゃない。
「どうしたの？　どこか苦しいの？」
「いや、あの……自分で歩けるから」
「ダメだよ。菜穂、倒れたんだよ？　わかってる？」

「そ、そうだけど……。その、今はもう大丈夫だから。それに他の子に見られちゃうし、目立つし……」
「…………」
　私が途切れ途切れに話すと、いつもは何か反応してくれる蓮くんが黙ってしまう。
「あ、あの……。蓮くん？」
「じゃあ早く自分で降りて」
　蓮くんの声のトーンがいつもより低くなり、思わず肩を震わせる。
　もしかして、怒らせちゃった？
　蓮くんは全然笑ってなくて、その表情を見た途端に泣きそうになるけれど我慢してベッドから降りる。
　すると蓮くんに腕を引かれた。
「えっ、あ……蓮くん」
「これぐらいはいいよね」
　それだけ言って歩き出してしまうから、慌てて千秋ちゃんに挨拶した。
「ち、千秋ちゃん、来てくれてありがとう。また今度、絶対に話すね！」
　それだけ言って私は蓮くんの後ろについて、いつもの場所に停まっている車へと乗り込んだ。
　それから車に揺られ、私たちは病院へと向かう。
　だけどその間も蓮くんはひと言も話さなくて、私も話しかけることなんてできない。
　いつもと違って手は握られておらず、蓮くんは私から顔

をそらすようにして窓の外を眺めていた。
　まだ頭が痛い、とか体がだるい、とかぼーっとするとか、しんどいけれど、それどころじゃなくて、蓮くんのことで頭がいっぱいだった私。
　私が拒否ばっかするから、蓮くんを怒らせてしまったんだ……。
　どうしよう、嫌われたら。
　そう思ったら泣きそうになる。
　嫌だ、蓮くんに嫌われたくない。
　そう素直に思い、蓮くんのほうを向く。
「あ、あの……蓮くん」
「……菜穂なんて嫌いだ」
　どちらかといえばすねているような口調だったのだけど、今の私にはそんなことを考える余裕なんてなく。
　その言葉を素直に受け取り、本気で悲しくなった。
　嫌われた……。蓮くんに嫌いだって、言われた。
「……っ」
　勝手に涙が溢れてきて、慌てて俯く。
　どうしてだろう。
　すごく胸が苦しい。
　これは絶対に体調が悪いとかじゃない。
　本当に苦しかった。
　ぎゅっと自分のシャツを掴む。
「……うう」
　声を押し殺したつもりなのに、それでも声が漏れてし

まった。
「……っ、な、菜穂!? どうして泣いてるの？ どこが苦しいの？」
　私の様子に気づいた蓮くんが慌て出す。
「苦しい……胸が苦しい……」
「胸？ どうして？ もしかして何か病気じゃ」
「蓮くんに嫌いって言われたら胸が苦しくて……ごめんなさい、蓮くん……。謝るから、嫌いにならないで……。蓮くんに嫌われるなんて嫌だよ」
　涙が溢れて止まらない。すると、蓮くんが優しく私を抱きしめた。
「ごめんね、ごめんね菜穂。傷つけるつもりじゃなかったんだ。ただ今日、他の男には抵抗せずにむしろしがみついてた菜穂を見て嫉妬したんだ。嘘だよ嫌いだなんて。俺は菜穂が好き、大好き、誰よりも好きだから」
　蓮くんは優しい声でそう言って私の頭を撫でてくれた。
「本当？」
「本当だよ、大好き。本気で愛してる」
「よかった」
　うれしくて、さっきまでの悲しい感情が一気に吹き飛んで。
　一瞬で笑顔になれた。
　これは蓮くんの魔法なのかなって本気で思う。
　私の感情が自由に操られているような、そんな気がした。
　うれしすぎて蓮くんにしがみつくようにして抱きつい

た。
「……菜穂、そんなに泣くほど悲しかったの？」
「うん……悲しくて、苦しかった」
「ああ、もうかわいいなぁ、ダメかわいすぎる。早く病院で診察してもらって、家に帰ろうね。俺が抱きしめて菜穂を寝かせてあげるからね」
「うん、早く帰る。蓮くんにぎゅってしてもらいながら寝る！」

　頭がうまく回らなくて、思ってることを素直に口にしてしまう私。

　今、自分がどれだけ恥ずかしいことを言っているかなんて、考える余裕すらなかった。

「……っ!?　な、な、何今の……菜穂、今なんて言ったかわかってる？」
「うん！　私ね、蓮くんにぎゅってされるの好きなの」
「もー、かわいいこと言わないで、お願いだから。俺が壊れそうになる」

　蓮くんの手に力が入り、少しきつめに抱きしめられる。

　そして病院に着くまで私たちはずっと、そのままの状態でいた。

　その後、病院で診てもらったら、熱もあり風邪だと診断された。

　薬をもらい、私たちは家へと帰る。

　薬を飲んで睡眠をとれば、明日には治っているだろうと医者に言われ、蓮くんには無理をせずに今日は絶対安静だ

よって言われた。
　家に戻り、着替えが終わると、蓮くんに寝室まで誘導される。
「じゃあ、菜穂、ベッドに横になって」
　蓮くんにそう言われ、おとなしくベッドに横になった。
「まずはご飯食べて薬飲まないとね。菜穂、ご飯頑張って食べれそう？」
「うん……」
　蓮くんに質問され、素直に頷く。
「えらいね、菜穂は。じゃあ、すぐに作ってくるから待っててね。寝てても大丈夫だよ」
　蓮くんは私の頭を軽く撫でた後、部屋を出ようとする。
　迷惑だとわかっているのに、蓮くんがいなくなるのが寂しくて、思わず服を掴んでしまった。
「菜穂？　どうしたの？　しんどい？」
　蓮くんはそんな私を心配そうに見つめてきたけど、そうじゃない。
　そばにいてほしい。
　どうして私はこんなにも寂しくて、わがままなんだろう。
　風邪だから……熱があるからこんなにも弱くなっちゃうのかな。
「行かないで……」
「……え？」
「そばにいてほしい……」
　じっと見つめながら言うと、蓮くんは固まっていた。

そりゃそうだよね。
絶対に蓮くんを困らせた。
「……っ、ごめんなさい。面倒くさい女でごめんなさい」
　迷惑なことを言って、涙が溢れてきて。
　本当に何がしたいんだろう。
　いろんな感情が入り混じって、ボロボロだ。
「……これは、夢？」
「……へ？」
　涙で視界がぼやけるなか。
　蓮くんの声だけがはっきりと耳に届く。
「だ、だって……菜穂が、そばにいてほしいって……夢だよね？　え、嘘！　でもこの夢最高だ、このままずっと覚めないでほしい」
「蓮、くん？」
「ああ、泣かないで菜穂。初めて菜穂に必要とされたよ。もっと俺がそばにいないと生きていけないって言ってほしい。願わくば現実でも言ってほしいよ、菜穂」
「あ、あの……蓮くん、夢じゃなくて。その、そばにいてほしいの」
　蓮くんの言葉に驚き、涙が止まってしまった。
「夢、じゃ……ないだと？」
「う、うん」
　すると突然蓮くんが私の上体を起こし、抱きしめる。
「菜穂、嘘じゃないよね？　嘘とか絶対許さないからね！　俺は絶対に離れないよ、菜穂が望んでなくてもずっとそば

にいるよ！　もう何このの突然に喜ばせようとする感じ、好きだよ本当に」
「あ、あの……」
「そっか、俺が必要なのか。ね、もっと言っていいからね。なんでも好きなこと要求して、わがまま言っていいからね」
「め、迷惑じゃないの？」
　蓮くんに迷惑をかけてると思ったけれど、わがまま言っていいの？
　でも蓮くんは優しいから、安心させるように言ってくれてるのかもしれない。
「迷惑？　菜穂からのわがままなら全部叶える意気込みだよ俺は！　さあ、何かわがままを言ってごらん」
　蓮くんは私の頭を撫で、優しく抱きしめてくれる。
　ああ、なんか……。
「ずっとこうしていたい……」
　これはお願いとかわがままとか、そういうものじゃなくて、口からこぼれた本音だった。
「……ダメだ、無理、かわいい。ずっとこうしててあげるよ。あ、でも薬を飲まないと風邪は治らないな。よし、ご飯食べて薬を飲んだら、その後はずっとこうしててあげるからね、じゃあご飯作るからその間、少しお休みしようか菜穂」
　蓮くんはそう言って離れてしまうのかと思いきや、私を抱きしめ頭を撫でたままでいてくれた。
「あ、蓮くん、ごめんね……。もう大丈夫、だから」
　本当は寂しいけれど、やっぱりこれ以上、わがままを言っ

て迷惑をかけられない。
　蓮くんから離れようとすれば、今度はきつく抱きしめられる。
「俺が菜穂を離したくないの。ほら、力を抜いて？　俺に身を任せていいんだよ」
　きっと蓮くんには全部バレていたんだと思う。
　私の本心を全部。
　やっぱり蓮くんはどこまでも優しい。
　私は蓮くんの言葉に甘え、身を任せる。
　そしたら意外と早く眠気はやってきた。
「おやすみ、菜穂」
　ゆっくりと目を閉じ、気づけば私は意識を手放していた。

　ガチャリとドアが開く音がし、目が覚める。
　完全に深い眠りについていなかったからだろうか。
　いつもなら起きないドアの音で目が覚めた。
「……菜穂、起こしちゃったね。寝てたのにごめん」
　蓮くんがベッドの横に来て、申し訳なさそうな顔をしたから慌てて首を横に振る。
「ううん、眠りが浅かっただけで、蓮くんは悪くないよ。ごめんね、わざわざご飯を作ってくれて」
　私が起き上がろうとすると、蓮くんがベッドの横にある小さな机にお盆を置き、私が起き上がるのを支えてくれた。
「気にしないで。俺が菜穂のために何かしたかっただけだから」

蓮くんはそう言うと、優しく笑いかけてくれた。
「ありがとう」
　蓮くんの言葉がうれしくて、私まで笑顔になれる。
「よしっ、じゃあ食べようか。今日は俺が食べさせてあげるね。菜穂、しんどいだろうし」
　いつもなら大丈夫って言うけれど、今は断りたくないなって思った。
　だけど私は蓮くんの言葉に肯定の返事をするのは恥ずかしかったから、何も言わずにこくりと頷く。
「……え？」
　そんな私を見て、蓮くんが固まってしまう。
　肯定してしまった自分が恥ずかしくなって、蓮くんから視線をそらすようにして俯いた。
「ちょ、え……!?　菜穂、それはいいよっていうこと？」
　蓮くんは焦ったように話す。
「……うん」
「え、ど、どうしたの……!?　風邪効果!?　何これ最高だよ菜穂！」
　蓮くんが幼くはしゃぐように笑う。
　そして本当に蓮くんに食べさせてもらった私。
　ゆっくり私のペースに合わせて食べさせてくれた蓮くんは、なぜか時折泣きそうになり、そのたびに『かわいいね、菜穂は世界一かわいい』と連呼しながら頭を撫でられた。
「薬はどうしよっか。なんなら口移しでも俺は大丈夫だよ」
　ご飯を食べ終えると、今度は薬を飲まないといけなかっ

た。
　だけど口移しってことは、き、キスってことだよね？
　考えただけでも恥ずかしくて、顔が熱くなる。
　それにキスしてしまったら蓮くんに風邪が移ってしまうかもしれない。
　そう思ったら断るしかなかった。
「そ、それは蓮くんに風邪移っちゃうから……」
「じゃあ移らなかったらよかったってことでいい？」
「……っ」
「菜穂、今日はどうしたの？　風邪だから？　本音ってことでいい？」
　全部蓮くんの言ってるとおりで合っていたけれど、すごく恥ずかしくなって布団にうずくまるようにして顔を隠す。
「……菜穂、どうして顔を隠すの？」
「そ、それは……その」
「菜穂の顔が見たい」
　見たいと言われてしまえば、断ることなんてできなくて。
　恐る恐る蓮くんのほうを向けば、頬にそっと手を添えられた。
「熱いのは、熱があるから？」
「……わからない」
「恥ずかしいから、かな？」
　きっと蓮くんはわかってる。
　私が照れているということに。

なのに遠回しに言ってきて、私の反応を見て楽しんでいるんだ。
　ずるい……蓮くんはずるい人だ。
「ごめん、菜穂。さすがにやりすぎたね。すねないで」
「す、すねてない、から……」
「もーかわいすぎだよ、菜穂」
　蓮くんは私の頭を撫でながら、じっと見つめてきた。
「菜穂、食器を片づけてくるからその間に薬も飲んでね。ひとりで待てる？」
　ひとり。
　その言葉がどうしても寂しく感じるけれど、すぐだと思い我慢する。
「うん、大丈夫だよ」
「ごめんね、すぐ戻ってくるから」
　そう言って蓮くんは部屋を出ていってしまった。
　蓮くんがいない部屋は静かで、途端に泣きたくなってしまった。
　ダメだ、我慢しなきゃ。
　こんなことで泣いてどうする。
　ベッドの上に座り、蓮くんが帰ってくるのを待つ。
　少しして寝室のドアが開き、蓮くんが帰ってきた。
　数分も経ってないはずなのに、何十分にも感じてしまい、蓮くんが戻ってきてくれたのがうれしくて顔が綻ぶ。
「……その笑顔、反則だよ。戻ってきて早々そんなかわいい顔しないで」

「……え?」
「ほら、寝るよ。俺の腕の中で寝ていいからね」
　蓮くんは話を変えると、私を抱きしめながらベッドに倒れ込む。
　蓮くんの腕の中は暖かくて、安心感で心が落ち着いて、ドキドキして……これが"好き"って気持ちなのだろうか。
　こうやって抱きしめられたり、蓮くんのそばにいられるだけでも幸せな気持ちになる。
　今日、蓮くんに嫌いと言われた時は本当に苦しかった。
　蓮くんに嫌われたくないって、素直に思った。
　蓮くんが口にする言葉ひとつで感情が左右される。
　今はドキドキしながらも、蓮くんに抱きしめられると落ち着くし、ずっとこのままでいたいって思った。
　こんな気持ち、初めてだから確信は持てない。
　でも……蓮くんのそばにいる時だけ、こんな気持ちになって。
「菜穂、ゆっくり休むんだよ」
「うん……。明日は学校行けるように頑張るね」
「無理しないで。菜穂が休むなら俺も休んでずっとこうしてあげるからね」
「だ、ダメだよ、蓮くんも休んだら……」
「行ったとしても心配で授業に集中できないから休むんだよ。菜穂のほうが何万倍も大事」
　蓮くんは当たり前かのようにさらっと言うけれど、私は胸が高鳴ってドキドキした。

うれしい……そう言ってくれて。
　でも蓮くんも学校を休むなんてよくないから、絶対に治そうと心に決めた。
「菜穂、好きだよ大好き。おやすみ、好きなだけ眠ってていいからね」
　蓮くんは優しい声でそう言いながら、私の頭を撫でてくれる。
　この時間がずっと続いてほしいな、なんて思いながら私はそっと目を閉じて蓮くんに体を預けた。

彼に本当の気持ちを話す時

「はぁ!? 政略結婚？」
「ち、千秋ちゃん声が大きいよ！」
「ご、ごめんごめん。いや、でもさ、話ぶっ飛びすぎじゃない？」
　次の日。
　すっかり元気になった私は、蓮くんといつもどおり学校に来た。
　今日から通常の授業なのだけど、千秋ちゃんにお昼を誘われて学食にやってきた。
　なるべく話を聞かれないよう、学食の端のほうに座っていたのに、今の千秋ちゃんの大声で多くの人に変な目で見られてしまったけれど、聞かれてはいないようでバレずに済んだ。
「そ、そうなんだけど……。本当のことで。今まで黙っててごめんね」
「いや、謝らなくていいよ。政略結婚で、しかもあの上条が相手だなんてバレたら面倒くさそうだからね」
　千秋ちゃんは理由を言わなくても私のことをわかってくれていて、泣きそうになるのを堪える。
「てことはさ、お互い無理矢理ってこと？ どっちも好きじゃないのに婚約させられた、みたいな……？ いやでも上条は菜穂のこと好きなのかな。昨日あんなぶっ壊れてたし。どこの変態かと思ったわ」
「そ、それは言い過ぎだよ……」
　たしかに蓮くんはたまに人格が変わってしまうけれど、

優しいのは間違いないしいい人だ。
「いやいや、いつもキラキラしてる爽やか王子様がさ、あんなおかしくなってたらそりゃ驚くでしょ？　引いたわ普通に」
　昨日の千秋ちゃん、すごく驚いていたからな。
「……でもさ、菜穂はどうなの？」
「え……？」
「菜穂は好きなの？　上条のこと」
　千秋ちゃんにそう聞かれ、返事に困ってしまう。
「……わからない、の」
「えっ……？」
「私、そういう気持ちがどうしてもわからなくて……」
　ドキドキするのは、蓮くんが好きだからってことで……いいのかな。
　でも他の男の人に、同じ感情は抱かない。
「あんたねぇ、疎すぎ。好きとかそういうの、難しく考えなくていいのよ。直感だよそんなもの。胸がドキドキしたり、ずっと隣にいたいって思ったり。どう感じるかは人それぞれだからね。ただその人じゃないとダメだとか、嫌われたくない、とか基本的なところは同じかな」
　ドキッとした。
　今の千秋ちゃんの言葉、全部当てはまってる。
　じゃあ、やっぱり私は蓮くんのことが……。
「……っ」
　そう理解した瞬間、顔が赤くなってしまった。

「……菜穂？　顔が赤くなるってことはもしかしてあんたも……」
「ち、違うから！　あ、いや……違くないけど」
「へぇ、そっかぁ。両想いかぁ。いいじゃん幸せで！」
　千秋ちゃんはうれしそうに笑う。
「菜穂にもついに恋をする日が来たかぁ。うん、いいね。よしっ、好きとわかればちゃんと上条に伝えなよ？」
「……え？」
　蓮くんに、伝える？
　好きだってことを？
　そんなの恥ずかしいし、今さらな気がして言えないと思った。
「む、無理だよそんなの……」
「上条には好きとか言われたことないの？」
「……っ、それ、は」
「えっ、ちょっと待って。あるの？　ねぇ菜穂」
　ダメだ、隠せない。
　すぐ顔に出てしまう私は誤魔化すことなんてできなくて、千秋ちゃんにちゃんと話す。
「だって菜穂かわいいからね。小動物みたいでふわふわしてるし、理想の女の子だし。これは上条でも落ちるわね」
　すごく自信有り気に言う千秋ちゃんだけど、全然そんなことはない。
　むしろ私は地味だから、いつも蓮くんとの差を感じて悩んでいるのだ。

千秋ちゃんみたいにしっかりしていて、自分の意思をちゃんと持ってる子だったらどれだけよかっただろうって、いつも思う。
　千秋ちゃん、大人っぽくて綺麗だし。
　それに比べて私は子どもっぽいし、いつまでたっても成長しない。
「こら、マイナス思考にならない」
　私が落ち込んでいるのに気づいた千秋ちゃんが、またすぐに声をかけてくれた。
「菜穂はお似合いだよ、上条と。上条にはもったいないくらい。あんな変人に菜穂を任せるなんて不安で仕方がない」
「れ、蓮くんは変人じゃないよ……」
　だけど千秋ちゃんがそう言ってくれたおかげで、少しは安心できた。
　それでも私と蓮くんが遠い存在だということはわかってる。
「それに周りの目なんて気にする必要ないから。菜穂も堂々とすればいいのに」
「……う、うん」
　周りの目……。たしかに私は周りばかり気にしてビクビクしているのだ。
　その後もしばらく千秋ちゃんと話していると、あっという間に時間が過ぎた。
「……あ、ごめん菜穂。私、次は移動だから戻らなきゃ」
　時計を見るとまだお昼休みが終わるまで時間があったけ

れど、私たちはそれぞれの教室に戻ることにした。
「じゃあね、また遊んだ時にでもゆっくり話聞かせてよ?」
　千秋ちゃんはそう言って自分の教室に入り、私も自分のクラスへと向かう。
　するとその時。
「おい、桃原」
　低くて不機嫌な声が、私の名前を呼んだ。
　振り向けばそこには秋野くんがいて。
「……あ、秋野くん!」
「お前、もう大丈夫なのか?」
　実は今朝、秋野くんにお礼を言おうと思っていたけどまだ来ていなかったのだ。
「う、うん!　すっかり元気になったよ。昨日は迷惑をかけてごめんね」
「いや、別にいいけど。無理しすぎなんだよお前」
　秋野くんに呆れた顔をされる。
　そんな顔をされて当然だ。
　私は学校で意識を失って倒れるという失態を犯してしまったのだから。
「ご、ごめんなさい……」
「まぁ、今、元気ならよかったんじゃねぇの?」
「秋野くん……。ありがとう……。本当にありがとう」
　最初は呆れた顔をされたけど、秋野くんの言葉がうれしくて自然と笑顔になってお礼を言う。
　するとぷいっと顔をそらされてしまった。

「秋野くん？」
「こっち見んな」
「えっと……」
　どうしたんだろう。
　見る限り、特に変わった様子はなさそうだ。
　結局、理由がわからないまま、私たちは教室に入ろうとしたけれど……。
「……秋野、お前ちょっと待て！」
　担任の先生が廊下から走ってきて、私の前を歩く秋野くんを呼び止めた。
「どうして無断で遅刻した？　それも職員室に来なかっただろう」
「連絡するの面倒くさかったんで」
「お前、なんだその言い訳は！」
　どうやら秋野くんは無断で遅刻したらしく、担任の先生はお怒りだ。
「別に本当のこと言っただけですけど」
　なのに秋野くんは火に油を注ぐようなことを言う。
　先生がさらに怒ってしまうのも当然で……。
「悪い、桃原巻き込んだ」
「ぜ、全然大丈夫だよ！　昨日のお礼もしたいから！」
　どうやら今日、私たちのクラスの図書委員が図書室の掃除担当にあたっていたようで、代わりに秋野くんが罰として図書室の掃除を任され、さらに私は監視役としてつくように言われてしまった。

別に私は大丈夫なのだけれど、蓮くんになんて言うかが問題だった。
　前みたいになったらまた恥ずかしいことをされてしまう。
　そう考えただけでも照れてしまい、顔が熱くなる私を秋野くんは不思議そうに見つめてくる。
「お前、何照れてんだ？」
「な、なんでもない……です！」
　これ以上聞かれる前に、私は逃げるようにして教室へと入った。

　放課後。
　どうしよう……。
　蓮くんに言えないまま、放課後になってしまった。
　一度蓮くんのほうを向けば、まだ帰る気配はなさそうで。
　直接言うのを諦め、メッセージを送ることにした。
　この前みたいに遠回しではなく、全部本当のことを文字にして送る。
　するとすぐに蓮くんはスマホを見た……かと思えば、行動を停止した。
　や、やばいかもしれない。
「蓮？　どうしたんだよ。下まで一緒に行こうぜ」
　ひとりで焦っていると、友達に話しかけられ我に返った蓮くんは笑顔を浮かべ、教室を出た。
　よかった……。これで大丈夫、かな？

本当のことを話したから大丈夫だよね？
　少し不安になりながらも、秋野くんの席を見ればもういなくなっていて。
　もしかしてもう図書室へ行ってしまったのかと思い、慌てて立ち上がる。
　急いで行こうにもまだ多くの人が行き来していたため、なかなかたどり着けなかった。
　図書室があるのは最上階である５階。
　そして４階まで上れば移動教室ばかりだったため誰も人がいなかった。
　誰もいないのは少し変な感じがしたけれど、とりあえず図書室に向かおうとした時。
　スマホが音を立てた。
　画面を見ると蓮くんからで、慌てて電話をとる。
「は、はい！　桃原です」
　電話なんて滅多にないから、思わず苗字を言って緊張してしまった。
『……ふっ、何焦ってるの？』
　そんな私に蓮くんが小さく笑った。
　恥ずかしい……。
　ひとりで照れていると、蓮くんがまた口を開く。
『ねぇ、この間言ったこと覚えてる？』
「……え？」
『他の男とふたりきりになったら恥ずかしいことするって』
「……っ、そ、それは」

『ちゃんと覚えておいてね？　家に帰ったら楽しみにしてる』
「れ、蓮くん！　恥ずかしい、から……その、蓮くんも手伝いに来てほしいです」
　そしたら秋野くんとふたりきりになることはない。
　どうしても"恥ずかしいこと"が何を指すのかわからないため、怖くて蓮くんに頼んでみる。
『えー、嫌だよ。だって俺、菜穂に恥ずかしいことしたいから』
「……っ」
　蓮くんが電話越しに、楽しそうに笑う声が聞こえてきた。
『でも、もし秋野に何かされそうになったらすぐ連絡してね。いつでも電話できるように用意しておいて？　あ、あと遅かったら迎えに行くからね。そうなったらもっと恥ずかしいことしようかな』
　蓮くんは優しいのか、それとも意地悪なのか。
　やっぱり両方とも当てはまる。
「む、迎えなんて大丈夫だから！　なるべく早く終わらせて帰るね！」
『いいんだよ？　焦らなくても。それとも早く俺に恥ずかしいことされたいの？　もしかしてしてほしい、とか？』
「そ、そんなことは決して……！」
　電話でも完全に蓮くんのペースで、彼は私の反応に対して楽しそうに笑った。

図書室に到着すると、まだ秋野くんの姿はなかった。
　あれ？
　秋野くん、先に教室を出たはずなのに。
　不思議に思いながらも、それどころじゃないため急いで机の上に鞄を置いて掃除を始めようとした。
　ちょうどその時、ガラリと図書室のドアが開く。
　見ると、秋野くんが私しかいない図書室に入ってきた。
「あ、秋野くん」
「悪い、担任に呼ばれてた」
　ああ、だから来なかったのかと、その時初めて理解した。
「そっか。じゃあ早速掃除、始めよう！」
「なんでそんな焦ってるんだ？」
「……え？」
　完全に私が焦っているのを読み取った秋野くんは、私にそう言った。
　思わずギクリとしつつも、笑顔を作る。
「そ、そんなことないよ！　ほら、秋野くんも早く帰りたいだろうし」
　本当に早く終わらせないと、蓮くんにこの間よりもっと恥ずかしいことをされてしまう。
　嫌、というよりドキドキして心臓が持たなさそうで心配なのだ。
「……まあ別にどうでもいいけど」
　秋野くんはそう言って私と同じ場所に荷物を置き、一緒に掃除を始めた。

それからはお互い何も話さず、掃除を進める。
　最初は掃き掃除から。
　それが終わったら次は本の整理。
　これが結構時間を取るのだ。
　時計を確認すると、意外と時間がたっていて驚き、焦って何度も本を落とすという失態を繰り返しながら、何とか順調に進んでいく。
　そしてもうすぐ終わりという時。
「……なあ」
　掃除を開始してから初めて、秋野くんによって沈黙が破られた。
　気まずいとは思っていなかったけれど、いきなり話しかけられてびっくりしてしまう。
「は、はい！」
「お前って、上条と付き合ってんの？」
「……えっ？」
　ドキッと心臓が音を立てた。
　今、秋野くんはなんて？
「昨日お前を運んでる時、無意識だろうけど上条の名前呼んで、俺のことそいつと勘違いしてたから」
「……嘘」
　たしかに夢の中で呼んだ記憶が……って、もしかして夢じゃなくて現実だったってこと!?
「あと、さっきも上条と電話してただろ？」
「えっ……秋野くん、いたの？」

「まぁ、歩いてたら声が聞こえてきた」
　そ、そんな……秋野くんに聞かれていたなんて。でも、秋野くんになら言っても大丈夫かなって、素直に思った。
　秋野くんはそんな人に言いふらすような人じゃないだろうし、このまま隠せるはずもない。
「つ、付き合ってはなくて……その……」
「は？　付き合ってねぇの？」
「あ、あの……えっと……」
　普通に思った。
　婚約者だと言って信じてくれるのかって。
　だけど言うしかないと思い、本当のことを言うと……。
「……は？」
　想像通り、秋野くんはくっきりとした二重の目を見開き、驚いていた。
「マジで言ってんの？」
「マ、マジです」
「……話ぶっ飛びすぎだろ」
　千秋ちゃんと同じことを秋野くんは言った。
　やっぱりぶっ飛んでる、よね。
「で、ですよね……。私も最初はわけがわからなくて」
「今は？」
「えっ……？」
「今はどうなんだよ。お前らって」
　今はどう……どうって言われても、わからない。
　蓮くんは、どう思ってるのだろう。

今まで私に言ってくれた"好き"って言葉は、本当だって思っていいの？
「どうなんだろう……。わからない、な」
「は？　意味不明だな」
「そ、そうだよね」
「けどお前は上条のこと好きなんだろ？」
「……え」
　まさか秋野くんに言い当てられるとは思ってなくて、驚いてしまう。
「お前、わかりやすいから。さっきの電話とかでも全然違う」
「そ、そんなに？」
　自分ではわからないから、秋野くんに言われて初めてわかった。
「じゃあ、蓮くんにもバレてるのかな」
　ぼそっと独り言のように呟いたのだけど、秋野くんの耳には届いたらしく。
「……じゃあお前、言ってねぇんだ。自分の気持ち」
　秋野くんにそれを指摘され、ギクリとしてしまった。
「お前って本当に不器用なんだな」
「だ、だって……今さらかなって、思って」
「それだといつまでも言えねぇだろ？　バカだな本当」
　不器用、とかバカ、とかマイナスな言葉を言われて心に刺さる。
　さすがに落ち込んでしまった私を見て、また秋野くんがため息をついた。

「……ったく、俺が手伝ってやってもいいけど？」
「えっ……手伝う…？」
　秋野くんの言葉がすぐには理解できなくて、思わず聞き返してしまった。
「そう。その代わりお代はもらうけど」
　お代……。秋野くん、金欠とかなのかな？
　だけどこれは……きっかけだと思った。
　蓮くんに想いを伝えるチャンスだと。
「じゃ、じゃあお願いしたいです！」
「今、上条はどこいんの？　もう帰ってるとか？」
「いや、あの外で待ってると思う」
「ふーん。じゃあちょうどいいな」
　ちょうどいいってもしかして……今日、とかじゃないよね？
「あ、秋野くん！　今日とかじゃないよね？」
「は？　そんなのすぐ実行だろ。じゃないとお前、無理とか言い出しそうだし」
　まさにそのとおりだったけれど、さすがに心の準備ができていない。
　それとも今すぐお金が欲しい、とか？
　だけど秋野くんって、そんな人じゃない気がする。
　本心で私のことを手伝ってくれようとしているのかな。
　それだと、優しい友達を持ったようでうれしいなと思った。
「わかった……！　頑張ります！」

だから、そんな秋野くんの優しさを無駄にはしたくないと思い、素直に頷く。
「じゃあ……」
「……えっ？」
　するとその時。
　突然、秋野くんが近づいてきたかと思えば、そのまま背中に手を回されて抱きしめられてしまう。
　すっぽりと秋野くんの腕の中に入ってしまった。
「あ、あ、秋野くん？」
「なんだよ」
「あの、これは一体……」
「言っただろ？　お代もらうって」
「え……？　お金じゃないの？」
「は？　誰が金なんかもらうか、このバカ」
　そう言って、秋野くんが抱きしめる力を強めた。
　どうしてこんなことを？
　それとも抱きしめるのが好き、とか？
　そんなこと……ある、のかな。
　わからなくなって、離れようとしたけど力強く抱きしめられているためそれができない。
「１年の時からお前と同じクラスだったらよかったのに」
「えっ？　どうして？」
「間に合ったかもしれねぇから」
　間に合う？
　その言葉がどういう意味かわからなくて、また質問しよ

うとしたら……。
　突然、勢いよく図書室のドアが開く音がした。
「……菜穂！　連絡なかったけど、何かあった……」
　その声は聞き慣れた、私の好きな人の声で。
　秋野くんの力が緩み、その隙に離れてドアのほうを向けば、そこにはやっぱり蓮くんがいて、こちらを向いて固まっていた。
　絶対に見られた……よね。
　どうしようと焦っていたら、秋野くんがぼそっと呟いた。
「ちょうどよかったな。まあ、向こうが怒っても俺知らねぇけど」
「……え？」
　秋野くんの言葉をすぐに理解できないでいたら、今度は肩を抱くようにして秋野くんに引き寄せられる。
「あ、秋野くん！」
　これじゃあ余計に誤解されてしまう。
　そう思ったけど、秋野くんが蓮くんを睨むように見ていたから何も言えなかった。
　すると固まっていたはずの蓮くんが、ようやく私たちに近づいた。
「ねぇ、菜穂を返してくれない？　何勝手に触ってるの？」
　蓮くんは笑顔……だったけれど、思わずビクッとしてしまうくらいその笑顔はどこか冷たく感じられて、怖かった。
　……怒っている。
　蓮くんは明らかに怒っていた。

それが誰に向けてかはわからなかったけれど。
「別にお前、こいつと付き合ってるわけじゃねぇんだろ？ 政略結婚ってずるいことして、こいつの意見無視して手に入れようとするとか、本気で最低だよな」
「なっ……あ、秋野くん！」
　さすがに言い過ぎだと思ったけれど、私には止めることもできない。
「本当に可哀想だよな、桃原。自分の意見言えないまま上条に振り回されて」
　あまりにも秋野くんがきつく言うから、逆に怪しいと思って考えてみる。
　もしかして、これが秋野くんの言ってた『手伝う』ってこと……？
　だとしても言い方がきつくて、心配になり蓮くんを見れば、蓮くんから笑顔が消えていた。
　無表情になる蓮くんが怖くて、思わず肩が震える。
「……別に、さ。それは俺と菜穂の問題であって、関係のない秋野が入ってくる必要ないよね？　どんな手を使っても好きな女の子を手に入れたいからね、俺。いい加減、菜穂から離れてくれない？　秋野が触れていい存在じゃないから、菜穂は」
　蓮くんはそう言って、私の腕を引いた。そしたら簡単に秋野くんの手が離れる。蓮くんはそれ以上何も言わず、私の腕を引いて図書室を出ようとした。
「れ、蓮くん……あの、鞄が……」

「そんなのあとで誰かに取りにいかせる」
　蓮くんの声がいつになく低く、怒っているのがわかる。
　一度図書室を出る前に秋野くんはふっと小さく笑った。
　そして『がんばれよ』と口を動かし、どこか切なげに笑った秋野くんを残し、私は蓮くんと図書館をあとにした。
　やっぱり秋野くんは、私のためにわざとあんなことを言ってくれたんだ。うれしいような……だけど、蓮くんを怒らせてしまったかもしれない。それでも、せっかく秋野くんが手伝ってくれたのだ。
　無駄にしてはいけないと思い、絶対に蓮くんに想いを伝えるんだって思った。
　そう意気込んだのはよかったものの。
「…………」
　その後、車に乗った私たち。
　蓮くんのほうをちらっと見れば、昨日みたいにすねてるのではなく、確実に無表情で怒っている様子だった。
　どうしよう、これは本当に怒らせてしまった？
　昨日は名前を呼べたけれど、今日は蓮くんの名前を呼ぶ余裕すらもなかった。
　どうやって言おう、とか話すら聞いてもらえなかったらどうしよう、とか考えているうちに、あっという間に家に着いてしまう。
　こういう時に限って家に着くのが早い。
　だけどここで諦めるのはよくない。
　とにかく蓮くんに謝って、好きと言うんだってもう一度

心に決める。
「菜穂、降りて」
　そう蓮くんに言われて素直に降りると、蓮くんも続いて降りる。
　そして蓮くんは私より前のほうに歩いてゆくと、鍵を開けて中に入ったから、私も中に入った。
　玄関でいつものように靴を脱ごうとしたその時。
「……きゃっ！」
　突然ドンッと背中に痛みを感じた。
　視界に入ったのは、私をじっと見つめる蓮くんの姿。
　一瞬状況を理解できないでいると、蓮くんに腕を掴まれ、体と一緒に壁に押し付けられていることにようやく気がついた。
「あ、あの、蓮く……んっ……」
　どうしたのかわからなくて、名前を呼ぼうとしたら、その前に唇を強引に塞がれてしまった。
　いきなりでびっくりしたけれど、ぎゅっと目を閉じて受け入れる。
「……んっ」
　だけど１回じゃ終わらなくて、角度を変えて何度もキスを繰り返される。
　だんだんと苦しくなる。
　それでも抵抗しようと思わないし、まだキスしていたいだなんて、少し変態かもしれない考えまでしてしまう私。
　今までの優しいキスとはまるで正反対の、強引で、貪る

ようなそのキスに酔いしれそうになる。
　ああ、やっぱり好きだなって。
　優しいキスも、激しいキスも、蓮くんならなんでもいいやって。
　いつのまにか、こんなにも私は蓮くんのことを好きになっていたのだ。
　そのままキスを続けられていると、だんだんと体から力が抜けていって、蓮くんに支えられる形になる。
　それが合図となったかのように、ようやく蓮くんの唇が離されたけれど、どこか寂しくなった。
　頭ではそう思っていても、体がついていかなくて息が乱れてしまう。
「……なんで？」
「へ……？」
　息を整えようとしていると、蓮くんがぼそっと何かを呟いた。
　少し目が潤み、ぼやける視界の中、蓮くんが切ない表情をしているのがわかった。
　どうして……？
　どうしてそんなに苦しそうな表情をしているの？
「れ、蓮くん……」
「なんで受け入れるの？　嫌なら嫌っていいよ。ずっとそうやって我慢するの？」
「えっ……？」
「政略結婚ってずるい方法で菜穂を手に入れて、本当はずっ

と嫌だったんだよね？」
　嫌だった？
　そんなの嘘だ。
　蓮くんの勘違い。
　きっと今日の秋野くんの言葉が、私の気持ちだと思ったのだろう。
　これはチャンスだと思った。
　秋野くんが作ってくれた、チャンス。
　私が蓮くんに想いを伝えるために。
　無駄にするわけにはいかなかった。
「嫌じゃ、ない……から」
「……え？」
「嫌じゃないから……。私が蓮くんのことを好きだから、今はこのままずっとキスしてほしいって、思ったの。最初、結婚の話をされた時は戸惑ったけど……。ずっと嫌じゃなかった。蓮くんのことを知るたび、どんどん好きになって……蓮くんが婚約者でよかったって。逆に私が蓮くんの婚約者でいいのかなって、不安でいっぱいなんだ……」
　言葉を詰まらせずに頑張って話そうとしたけど、内心はドキドキして緊張していた。恥ずかしかったけれど、頑張って蓮くんの目をじっと見つめる。
　蓮くんの目は大きく見開かれていた。
「……嘘、じゃない？　えっ、夢……？」
「夢じゃないよ……。本当だよ」
「え、明日になって嘘だよとかないよね？」

「う、うん……ないよ」
　蓮くんの目がだんだんと潤んでくる。
　もしかして……泣きそうになってるの？
　すると蓮くんの手が私の背中に回され、ぎゅっときつく抱きしめられた。
「本当？　信じていい？　菜穂が俺のこと、好きって……何の奇跡？　どうすればいい？　俺はこの気持ちを一体どうすれば……」
「信じてほしい。私は蓮くんが大好きだよ」
「……っ!?」
　言った後に急に恥ずかしくなったから、蓮くんにぎゅっとしがみつく。
「嫌じゃなかったから……。蓮くんにキスされて、その……うれしかった、から、自分を責めないでほしい……」
「えっ、うれしかったの？　これからは菜穂にたくさんキスしていいの？」
「う、うん！」
　蓮くんが私と少し距離を空け、じっと見つめる。
　その真っ直ぐな視線から逃げられそうにない。
「本当に？　え、うれしすぎて俺おかしくなりそう。ずっとこうやって想いが通じ合う日を夢見てたんだ。菜穂、ありがとう。俺のこと好きになってくれてありがとう」
　私のほうがお礼を言いたいのに、蓮くんに先に言われてしまう。
　どこまでも真っ直ぐで、一途に想ってくれる蓮くんを私

は好きになった。
　蓮くんだから、好きになったんだ。
　蓮くんの手がそっと私の頬に触れる。
　目を細め、優しく笑う蓮くん。
　その笑顔も好きだなって、素直に思う。
　そして蓮くんがゆっくり近づいてきて。
　今度は優しく、蓮くんに唇を重ねられ、私も受け入れるようにして彼のシャツを掴み、そっと目を閉じた。

エピローグ

「菜穂、おはよう。朝だよ」

　次の日の朝。

　いつものように蓮くんに起こされる。

　やっぱり今日も先に起きることができなくて、蓮くんの言葉で目が覚めた。

「蓮くん、おはよう」

「おはよう菜穂。本当にかわいいね、菜穂が好きすぎてどうしよう」

「……っ」

　蓮くんは起きて早々に私が照れることを言う。

　もちろん私の顔は熱くなり俯いていると、蓮くんに優しく抱きしめられる。

　それがうれしくて抱きしめ返すと、今度はお姫様抱っこをされた。

　いつもなら何か言うのだけれど、離れたくなくて蓮くんに身を任せてぎゅっとしがみつく。

「もー、かわいいことしすぎだよ菜穂。朝から心臓に悪いな」

　蓮くんはそう言ってうれしそうに笑うから、私もつられて笑った。

　その後、蓮くんが用意してくれた朝食を食べる。

　最初の頃『食べさせてあげる』と言われたけれど、それはさすがに断って自分で食べた。

　朝食を食べ終えると、次に着替えたり、学校へ行く準備をして、家を出る時間になる。

　玄関へ行き、先に蓮くんが靴を履いて、私も後に続いた。

「……あっ」
「どうしたの？」
　その時、蓮くんが声を出したから何かあったのかと思って聞き返す。
　そしたら蓮くんが振り向いたかと思うと……そっと唇を重ねられた。
　触れるだけの一瞬のものだったけど、私の顔を赤くさせるのには十分で。
「今日も一日頑張ろうね。早く家に帰って菜穂とラブラブしたいな。キスもいっぱいしたいな」
「そ、それはさすがに身がもたないよ」
「大丈夫、慣れるから」
　蓮くんはさらっと言うけれど、慣れるはずがない。
　だけど嫌じゃないから断らない私を見て、蓮くんは微笑んだ。
「……じゃあ行こっか」
「うん！」
　いつものように外に出ると、すでに車が待っていて乗り込んだ。
　車に揺られ、いつもの場所で降りる私たち。
　そこからは蓮くんと私、別々の道で登校する、はずなのだけれど……。
「れ、蓮くん！」
「どうしたの？」
「て、手が！」

蓮くんに手を握られ、引かれたのだ。
　自然と足が前に出て、蓮くんと一緒に歩く形になる。
　このまま登校したら、バレてしまう。
「……もう両想いなんだし、いいよね、みんなに言っても。我慢の限界だよ、菜穂は俺のものだって見せつけたい。菜穂のこと気にしてる男はいっぱいいるんだから」
「そ、そんなことないよ！」
「いるよ、特に秋野とか危険だから近づけさせないよ」
「秋野くん……？」
　どうして秋野くんなんだろう？
　昨日のは誤解だって蓮くんにわかってもらったはずなのに。
　ひとり混乱していると、蓮くんにため息をつかれた。
「昨日の秋野の言葉、本気だと思うよ」
「……え？　どうしてそう思うの？」
「同じ男同士だからわかるのかな。とにかく秋野に近づいたらダメだからね」
「う、うん」
　やっぱり蓮くんを不安にさせたくないから、素直に頷く。
　でも昨日のことについては、ちゃんとお礼が言いたいなと思った。
　そして蓮くんと歩いていると、周りからの視線がすごくて騒がれる。
「……えっ！　あのふたり付き合ってたの!?」
「ちょっと待って、なんで上条くんが桃原さんといるの!?」

周りの視線が少し怖くなっていると、蓮くんにぎゅっと手を握る力が強められ、安心感が心の中で広がる。
　大丈夫と言われてるような気がして、自然と頬が緩んだ。
　その後も先輩後輩問わず、騒がれながら教室に入ると、すぐに同じクラスの子たちからも質問攻めにされる。
「お前らいつから付き合ってんだよ！」
「本当に付き合ってるの？」
　あっという間に囲まれた私たち。
　かと思えば突然蓮くんに肩を抱かれ、そのまま引き寄せられる。
　そして蓮くんがひと言、笑顔でみんなに言い放った。
「菜穂は、俺の婚約者だよ」

END

特別書き下ろし番外編

私が蓮くんの婚約者であるとクラスに公表してから3カ月が経ち、本格的に冬が始まる12月上旬のこと。
「菜穂、おはよう。今日も寒いね」
　今日もまた、蓮くんに起こされる朝から始まる。
　ゆっくりと目を開ければ、優しい笑みを浮かべる蓮くんの姿があった。
「……おはよう」
「ああ、菜穂は今日もかわいいね、毎日かわいいね、もうかわいすぎるよ、反則だ」
「え、えっと……」
　今日もあいかわらず朝から蓮くんは変だったけれど、それよりも彼が優しく頭を撫でてくれるから、気持ちよくてまた眠たくなってしまう。
「菜穂って本当に撫でられるの好きだね」
「うん、気持ちいいの」
「そっか、なら菜穂の気が済むまで撫でてあげるからね」
「そ、それは蓮くんに悪いから、起きる」
　これ以上撫でられていると本当に二度寝してしまい、蓮くんに迷惑をかけてしまう。
　そう思った私は体を起こそうとした。
「あっ、ダメだよ菜穂。勝手に起きたら。ほら、寒いからね、毛布にくるまろうね」
　蓮くんは慌てて私の体を毛布でくるむ。
　これは今日初めてのことじゃなかった。
　最近は特に朝晩が冷えるから、蓮くんは私が寒くないか

と、ずっと気にかけてくれるのだ。
　毛布で私の体をくるんだ後、蓮くんは必ず私をぎゅっと抱きしめる。
「ああ、かわいすぎて萌える、何このちょこんってした感じ、大好きだよ、菜穂」
「わ、私も蓮くんのこと大好き……」
「……っ!?」
　いつも好きって言葉をもらってばかりだから、今度は私が蓮くんに伝えようと思い口にしたけど、恥ずかしくてたまらない。
　それに蓮くんが黙ってしまい、嫌だったかなと不安な気持ちでいっぱいになった。
「あ、あの蓮く……」
「……三途の川が見えた」
「えっ？」
「今、目の前に三途の川が見えた、俺にお迎えがきたんだ」
「れ、蓮くん……？」
　突然、蓮くんが不吉なことを口にする。でも、それがどうしてか、理由はわからない。
「うん、そうだよ。俺、今死にかけた」
「どうして？」
　蓮くんに何かあったのか、途端に不安に襲われた。蓮くんが死んじゃうなんて絶対嫌だ。
　思わず顔を上げると、頬を赤らめた蓮くんと目が合った。
「菜穂、朝から心臓に悪いよ」

「へ……？」
「その無自覚って、もはや殺人級だ」
「えっと……」
「俺も大好きだよ、愛してる」
「……っ」
　蓮くんに額を寄せられ、顔が一瞬にして熱くなってしまった。
「照れてる菜穂もかわいいね」
「そ、そんなことないよ」
　そう言った途端に、ふわっと体が浮いた。
　いわゆるお姫様抱っこも朝の習慣になってるから、本当に蓮くんに甘えてばかりの私。
　せめて夜ご飯は、って思うけど、必ず蓮くんも手伝ってくれる。
　ひとりで作ると言っても聞いてくれないのだ。
「菜穂、寒くない？」
「うん、大丈夫だよ」
　リビングに着くと毛布の代わりに暖かくて毛布みたいなふわふわ生地の上着を羽織る。部屋も十分に暖房が効いていて暖かいのに、それでもまだ心配してくれる蓮くん。
「菜穂、何か欲しいものあったらいつでも言ってね」
　欲しいもの……。
　蓮くんは十分すぎるくらいなんでも与えてくれるから考えても思いつかない。
「……あっ」

ひとつだけあった、欲しいもの。
「どうしたの？　欲しいものあった？」
「うん、あった……けど、物じゃないとダメ？」
「ダメじゃないよ？　何がいいの？　物じゃないなら……世界一周？　宇宙旅行でもいいよ、実現させてあげるからね」
「ち、違うよ。そういうのじゃなくて……」
　世界一周や宇宙旅行なんて規模が違う。蓮くんと一緒なら楽しいんだろうけれど。
「じゃあ、何？」
「あのね、蓮くんにぎゅーってしてほしい」
　言った後に恥ずかしくなって、照れ隠しで笑ってみせるけれど隠しきれてないと思う。
　少しの沈黙の後、蓮くんは私を苦しいくらいきつく抱きしめてくれた。
　だけど苦しさよりも愛しさが込み上げてきて、今度は私も蓮くんの背中に手をまわし、ぎゅっと抱きつく。
「もー、朝から俺のことを壊したいの？」
「ううん、そんなつもりはなくて……。抱きしめてほしかったの」
　ダメだ、やっぱり蓮くんの腕の中は落ち着く。
「それを壊しにかかってるって言うんだよ？　俺、壊れちゃっても知らないよ？」
「嫌だった……？」
　蓮くんが不満気な声を出すから、また不安に襲われ顔を

上げる。
　蓮くんの言葉や表情ひとつで感情が揺れ動いてしまう私。知らず知らず、それぐらい蓮くんのことが好きになっていた。
「ほら、そんな泣きそうにならないでいいから。俺、嫌とか言った？」
「だって……蓮くん、嫌そうで……。ごめんなさい」
　ああ、ダメだ。蓮くんに迷惑をかけてしまった。
　そう思ったら、よけい泣きそうになってしまい、涙がこぼれ落ちそうになる。
「菜穂はマイナスな意味に取りすぎだよ。俺が今どれだけ我慢してるかわかってる？　菜穂がかわいくて、頭の中は菜穂にキスしたい思いでいっぱいなんだよ？」
「……っ」
「もー、全部言わせないでよ。でもまあ、菜穂のかわいい照れ顔見れたからいっか」
「あ、あの……」
　恥ずかしい。勘違いしていた自分も、蓮くんがそんな風に思っていたんだということも全部。
「じゃあご飯食べよっか。車の中でたくさんラブラブしようね」
「で、でも執事さんが……」
「大丈夫。俺たちに気をつかって見ないふりをしてくれるから」
　そうはいっても、見られるのはやっぱり恥ずかしいのに。

だけどさすがの蓮くんも、人前でキスをすることは今までに一度もなかった……って、そんなの当たり前か！　何考えてんだ私、恥ずかしい。
「菜穂、何ひとりで照れてるの？」
「……っ、なんでもないよ。ご飯食べる」
「でも、俺に抱きしめてほしいんだよね？」
「うん、抱きしめてほしい……けど、蓮くんがご飯食べようって」
　蓮くんの作ったご飯も好きだけど、やっぱり蓮くんにぎゅってされるほうが大好きで、抱きしめられたい気持ちが勝ってしまう。
「かわいすぎるよ菜穂、たくさん抱きしめてあげる。ご飯はその後だ」
「で、でも遅刻しちゃう……」
「時間なんて、まだたくさんあるから大丈夫」
　結局、蓮くんに抱きしめられた私は、それ以上何も言わずに彼に身を任せた。

　送迎車で学校に到着して、執事さんにお礼を言った私と蓮くんは車から降りる。
　今日も相変わらず、周りからの視線がすごい。
　もう隠す必要はないから、今は学校のすぐ近くで車から降りるのだけれど……。
「あ、あの蓮くん……」
「どうしたの？」

「その、距離が近すぎて……」
　さっきから蓮くんに肩を抱き寄せられ、ピタッとくっつきながら歩いてる状態のため、周りから視線が集まり恥ずかしいのだ。
「ごめんね、嫌だったよね」
「ち、違うよ！　嫌じゃないしむしろ……」
　"蓮くんにこうされてうれしい"と、勢いあまって言いかけてしまいそうになったけれど、慌てて口を閉じる。
「むしろ、何？」
　ふと蓮くんのほうを見れば、意地悪そうな笑みを浮かべていた。
　ぜ、絶対わかって聞き返してる！
「い、言わない……」
「でも、聞きたいな」
「絶対言わない！」
「えー、悲しい……菜穂に拒否された」
　蓮くんが私の頬を撫でるように触れてくる。人の視線を感じるなか、こんなことされて我慢できるほうがすごいと思う。もちろん私は我慢できなくて、たぶん顔は真っ赤になっているはず。顔が熱くてたまらない。思わずぎゅっと目を瞑る。
「あっ、菜穂だ！」
　その時、運良く登校中の千秋ちゃんに声をかけられた。
　た、助かった！　これは救われた。
「千秋ちゃん！　おはよう」

「おはよう。今日もこの変人野郎と登校？ なんかすっごい助けてほしそうな目してるけど……。まあ、理由は聞かなくてもわかる気がする」
　千秋ちゃんは私の表情からすべてを読みとってくれた。
　さすがだ、私のことはなんでもわかってる。
「とりあえず変人野郎さん、菜穂のこと離してあげてくれないかな？」
「………」
「聞いてる？」
　蓮くんは千秋ちゃんの言葉を無視し、私の肩に回している手の力をぎゅっと強めた。
「れ、蓮く……」
「嫌だ、峯田さんは俺の敵だから菜穂の友達って認めてないからね」
「はぁ？ 何それ、私だってあんたみたいな変人野郎がこんなかわいい菜穂の婚約者だって認めてないから」
「それでも婚約してるから、俺たち。ね？ 菜穂」
　な、なんだかふたりの間に良くない空気が流れてる……けれど、どうすればいいのかわからない。
「菜穂を巻き込むな、かわいそう。菜穂、嫌なら嫌って言うんだよ？」
「えっと……嫌、じゃなくて……。その、すごく恥ずかしくて、人前だと困るなって……」
　そう、嫌じゃないしむしろうれしいのだ。ただ場所を考えてほしいなって思うけれど、そんなわがままなこと言え

るはずもなく。
「どうしてここまで純粋なのかな」
「本当に純粋すぎて神の域を超えてるよね」
　あれ？　なんでかわからないけど、ふたりの意見が初めて一致して空気が和らいだ。
　結果オーライかな？と思いながら、ふたりの会話を見守る。
「でもこんな純粋な子があんたみたいな変人に捕まっただなんてかわいそうすぎて……」
「大丈夫だよ、俺が必ず幸せにするから」
「政略結婚ってずるいことしながら、よくそんなこと言えるわね」
「だって菜穂にプロポーズしたけど信じてくれなかったから」
「信じるどうこうじゃないし、菜穂のことだから怖くて断ったんでしょ？」
　す、すごい！
　千秋ちゃん、本当に私のこと全部わかってる……じゃなくて！
　またふたりが言い合いを始めてしまった。
「菜穂、そうなの？　俺のこと怖かったの？」
「あ……えっと、蓮くんは、私なんかと全然違くて。周りの目とかも怖くて……」
「ほら見てみろ。つまりあんたは本来菜穂と結婚なんかできなかったの。わかったなら早く菜穂を離せ」

「……」
　蓮くんが黙ってしまった。
　それを見た千秋ちゃんが勝ちほこったように笑う。
　さ、さすがに言い過ぎじゃ……と思ったけど、助けを求めたのは私だ。
　それなのに千秋ちゃんに言い返すなんて失礼すぎるからできない。
　ごめんなさい、蓮くん。
　心の中で謝りながら、蓮くんから離れようとしたけど、また彼に力強く肩をグイッと抱き寄せられてしまった。
「れ、蓮く……」
「菜穂は婚約者の俺より親友の峯田さんをとるの？　え、俺泣くよ？　今すぐ泣けるよ？　ねぇ俺、菜穂の婚約者で未来の夫なんだよ？」
「……うわぁ、こいつやば……」
　蓮くんに変なスイッチが入ってしまった。
　そんな蓮くんを見て、千秋ちゃんだけでなく周りの人も少し驚いていた。
　これ以上、私のせいで蓮くんの人気が落ちるなんて絶対ダメだ。
　そう思った私は慌てて蓮くんを止めようとする。
「蓮くん、落ち着いて。ほら、みんな見てるから……」
「知らない。俺の目には菜穂しか映ってないから」
「あ、えっと……」
　蓮くんにグッと顔を近づけられ、途端に顔が熱くなって

何も言えなくなってしまった。
「……かわいい、照れてる。この表情も全部、俺のもの」
　蓮くんがクスッと小さく笑う。
　その笑みが妙に色っぽく、周りから悲鳴が上がった。
　周りに見られてて恥ずかしいはずなのに、それ以上にドキドキしてしまい、何も言えなくなってしまう。
「菜穂の目にもこの変人しか映ってないのね」
　小さくため息をつく千秋ちゃん。
　結論を言えば、そういうことなのだ。
　周りの目が恥ずかしいと言いながら、私は蓮くんのことで頭がいっぱい。
　だから千秋ちゃんの言葉に素直に頷けば、蓮くんはうれしそうに笑った。
「俺でいっぱいになっているんだね、うれしい」
　やっぱり私は蓮くんには敵わない。いつだって蓮くんに翻弄(ほんろう)されるんだ。

　なんとか朝の登校を切り抜けたのはいいけど、私にはまだまだ戦いが続く。
　まずは授業中。
「菜穂、どこがわからないの？　俺が教えてあげるよ」
　私が婚約者だと公表した日に席替えが行われ、まさかの蓮くんと席が前後になった。
　さらには窓際の一番後ろが私、その前が蓮くんで明らかに不自然というか、都合がいいというか、不思議に思った

私は聞いてみた。

『たまたまこの席になったんだよね？』と。

すると蓮くんは、いつもどおり爽やかに笑って『たまたまじゃなくて必然だよ？　菜穂とこの席になるなんてお安い御用さ』と返された。

どうやら仕組んだらしいけれど、どうやったのかは怖くて聞けなかった。

それから３カ月たったけれど、席替えが行われることはなく、いまだこの席のまま。

そして今は数学の時間で、前に先生が立って授業を展開している……はずなのに。

蓮くんは椅子ごと私のほうを向いている。

「れ、蓮くん授業受けないと！」

焦る私に対し、蓮くんは小さく笑った。

「俺の心配してくれてるの？　本当に優しさに溢れてるね、俺こんな透明感にも溢れた子と結婚できるなんて幸せすぎて……とりあえず早く結婚しようか」

「蓮くん今、授業中だから！」

「そうだね、忘れてたよ。じゃあ俺が教えてあげるね、この問題がわからないの？」

「で、でも蓮くんが授業を聞けなくなっちゃう」

「大丈夫、高校で習う範囲はすでに完璧に頭に入ってるから。菜穂に教えるために、がんばったかいがあったよ。今こそ活用すべきなんだ」

蓮くんとの距離が少し近くなる。それにドキドキしてし

まい、うまく言葉を返せない。
　教卓の前に立つ先生に視線をやるけど、明らかにスルーされている。
　普通なら怒るはず。数学の先生は特に厳しくて怖いと有名なのに。
　クラスのみんなは最初こそ私たちを気にしていたけれど、３カ月経った今じゃ、たまに見られる程度。
　このクラスの空気は逆に私を悩ませるけど、蓮くんはおかまいなし。
「ほら、ここがわからないの？　ここはね……」
　結局蓮くんが教えてくれて、先生に教えてもらうより先に理解してしまう。
「あ、わかった！」
「そうだよ、それで合ってる。もう本当にかわいいし賢いしかわいいし、完璧だね。大好きだよ」
　私が簡単な基本問題を解いただけで蓮くんは頭を撫でてくれ、褒めてくれる。
　大好きとまで言ってくれて、うれしさでいっぱいになるけれど同時に恥ずかしくもあった。
「あっ、でも菜穂ここ間違えてるよ。よしっ、あと２問間違えたらキスするって約束で決まりね」
「へ……キ、キス？」
「そうだよ、キス。もちろん今ここでね。公開キスだ、なんて素敵なんだろう」
「こ、公開!?」

さすがにこの言葉には多くの生徒が反応を示した。ああ、本当に恥ずかしい。
「あっ、もしかして今すぐしてほしい？　そっか、ならしてあげるね」
「ち、違う……蓮くん落ち着いて！」
「もー、どうして嫌がるの？　俺、悲しい」
　キスはされなかったけど、額を合わせられる。
　だから私の顔がすぐ熱くなってしまった。
「嫌がってるわけじゃなくて、あの、場所が……」
「場所が気になるの？　じゃあ家に帰ろっか」
「そ、それはダメ。授業があるから」
「菜穂は真面目さんだね、かわいい。なら帰るのはやめようね、授業を受けよう」
　蓮くんは優しく笑い、ようやく私から離れてくれた。
　わかってくれたのだと安心し、授業を受けられると思ったのだけれど……蓮くんが前を向いてくれることはなく。
　黒板を見ながら板書する私のほうを、じーっと見つめている。
「あ、あの蓮くん……」
「気にしないで。俺のことは空気だと思ってくれていいからね。授業中は空気になって菜穂を見守りたい……いや、ノートや筆箱になりたい。いっそのことシャーペンになって菜穂に握られたい」
「…………」
　ダメだ、もう私には蓮くんを止められない。

暴走してしまった蓮くんは私から視線をそらしそうになかった。
「ねぇ菜穂、菜穂がかわいすぎてどうすればいい？　これは数学の難問よりも難しい問題だよね、一生解けない気がする。俺にヒントちょうだい、菜穂」
「か、かわいくない、から……。蓮くん、最近変だよ？」
「これが本当の俺、菜穂が自分の前では本当の俺でいいって言ってくれたから。あの時のうれしさと言ったらもうね」
「そ、それは私の前だけで……今はクラスのみんなもいるから」
　このままじゃ、蓮くんが本気でみんなから引かれちゃう。
　本当はとても優しくて、真っ直ぐで、誰よりもかっこいい素敵な人なのに。
　それが私のせいで、蓮くんが変な人だと思われるのは絶対に許されることじゃない。
　私の気持ちをどうにか蓮くんに理解してもらおうとするけれど、今度は黙ってしまう。
　私がうるさいから、怒らせちゃったかな……と不安になっていたら、突然蓮くんが私の片手を彼の両手で包むようにして握った。
「今の言葉、本当⁉」
「えっ？」
　目を見張り驚いた表情をしつつも、その瞳はキラキラと輝いている蓮くん。
　どこかうれしそうで、授業中なのにいつも通りの声の大

きさになっていた。

これはもっと危険だ。

だけど蓮くんを見る限り、もう手遅れだということはすぐにわかった。

「私の前だけって……嫉妬ってことでいい!?　あっ、嫉妬はヤキモチってことだからね！　"本当の俺は自分の前でしか見せないでほしい"って解釈で合ってる？　合ってるよね？」

私に話す間を与えてくれない蓮くん。

「ついに菜穂にも嫉妬心が芽生えてくれたのか……うれしいよ、ありがとう。次は束縛という名のステップアップだね。ああ、早く菜穂に束縛されたい……。嫉妬で狂った菜穂って最高にかわいいんだろうなぁ」

嫉妬で狂うって、どういうことなんだろう。少し怖い。

だけど蓮くんはうれしそうに私を見つめていた。

「菜穂、早く家に帰ってラブラブしようね」

蓮くんにとったら何気ない言葉だろうけど、私をドキドキさせて顔を熱くするには十分すぎた。

そして数学の授業が終わった後、クラスのみんなからいろいろ言われたのは言うまでもない。

放課後。蓮くんは先生に用があるらしく、私はひとり、教室に残って待っていた。

今日も一日、疲れたな……。

もちろん学校は楽しいし、蓮くんの近くにいられるのは

うれしい。

　だけど蓮くんといると感情の変化が激しくなる私は、心臓がいくつあっても足りなくてドッと疲れてしまうのだ。

　蓮くんが戻ってくるまで寝てようと思い、腕を枕にして机に突っ伏した。

　すると、ほぼ同時に、ガラッと教室のドアが開いた。

　蓮くんだと思い、体を起こせばそこに蓮くんの姿はなく、代わりに秋野くんの姿があった。

　秋野くんは私を見るなり、少し驚いたように目を見張る。
「桃原、お前ひとりなのか？」
「えっ……う、うん。そうだよ」
　なんでそんな驚くのか不思議だったけれど、肯定した。
「珍しいな」
「珍しい？」
「ああ。あのストーカーは？」
「ス、ストーカー!?」
　秋野くんがあまり良くない言葉を使うから、思わず大きな声を上げてしまった。

　そんな私を少し呆れ顔で見つめながら、秋野くんは私の前の席である蓮くんの席に座った。
「お前、知らねぇの？」
「知らないって……何のこと？」
「上条が桃原のストーカーって学校で噂されてるの」
「えっ……!?　嘘っ！」

　蓮くんが私のストーカーなんて、そんなことあるわけ

ないのに。
「本当だよ。みんなお前の心配してる。さすがに上条、お前に付きまといすぎだろって」
「そ、そんなことないのに！」
「いや、周りから見たら異常だから。あいついろいろぶっ壊れてるだろ？」
「ぶ、ぶっ壊れてるだなんて……さすがに言い過ぎだよ」
「あー、そっか。もうお前は上条でいっぱいだよな」
「……っ！」
　本当のことを言いあてられ、顔が熱くなってしまう。
「図星か」
「あ、あの……」
　言葉で肯定するのは恥ずかしかったから、一度だけ頷いた。
　だけど認めるのはやっぱり恥ずかしかったから、さらに顔が熱くなってしまった。
「なんか、認められても腹立つ」
「ど、どうして？」
「桃原に教えるわけねぇだろ」
　そう言って、秋野くんが私の頭をわしゃわしゃと撫でた。
「わっ……」
　このままだと髪がぐしゃぐしゃになってしまうため、慌てて止めようとしたら、勢いよく教室のドアが開いた。
「菜穂、お待たせ！　すごく長い時間待たせたよね、本当にごめ……」

教室に入ってきたのはもちろん蓮くんだった。
　最初こそいつもみたいに明るかったけど、秋野くんを見た瞬間、蓮くんは固まってしまった。
　こ、これは……危険だ。
　蓮くんが固まってしまった後は、必ず何かある。
「俺と一緒だったからそんな待ってねぇよな？」
「あっ、う、うん！　そこまで待ってないし、大丈夫だよ……」
　慌てて秋野くんに同調する。
　もしかして私を待たせたのかもって心配してくれたのかな。だとしたら大丈夫だと言わないといけない。
「……まだ諦めてないんだ？　菜穂に触れないでくれるかな？」
「れ、蓮くん？」
　どうしよう。
　蓮くんの声がいつもより低くなってしまった。
　朝は千秋ちゃんと蓮くんの間によくない空気が流れていたけれど、今度は、秋野くんとの間によくない空気が流れている。
「菜穂から早く離れてくれる？」
「……あんまり桃原を困らせるなよ、お前。重すぎだといつか離れていくぞ」
「それを決めるのは菜穂だから。それに俺が絶対離さないし」
　蓮くんが真剣な表情になり、その瞳が私を捉える。

その瞬間、ドキッと胸が高鳴った。俺が離さない、だなんて……すごい贅沢な言葉だ。
「桃原、お前やっぱとんでもねぇ奴に捕まったな」
「えっと、蓮くんのこと？」
「それしかねぇだろ」
「大丈夫、だよ……。蓮くんは私にはもったいないくらい素敵な人だから」
　ときどき少し変になってしまう時もあるけれど、そんな蓮くんのことが大好きなんだ。
「……お前、本当に純粋すぎ」
「えっ？」
　私の言葉を聞いて、秋野くんが面白くなさそうな顔をする。
「じゃあ俺、帰るわ。邪魔して悪かったな」
　ガタッと音を立て、秋野くんが立ち上がる。
「あっ、ううん。邪魔とかじゃなかったから！」
　邪魔だなんて、そんなことなかったのに。逆に私の存在のほうが邪魔だろう。
「……あー、やっぱムカつく」
「え……」
　その時。
　秋野くんの手が、私の机の上に置かれた。
　そして整った顔がゆっくり近づいてきて……気がついた時には、私の頬にチュッとキスをされていた。
　頬に感じる、唇の感触。それは明らかに秋野くんのもの

で……。途端に顔が熱くなる。
　ど、どうして秋野くんがこんなこと⁉
「あ、あの……」
「じゃあな。後はがんばれよ」
「えっ、あ、待っ……」
　結局このキスの真意は聞けないまま、秋野くんは蓮くんの元へと歩いていく。
　そして蓮くんの耳元でボソリと何かを呟いた後、教室を後にした。
　その後にふたりの間に流れる沈黙は、いつも以上に重苦しい。
　蓮くんがいまだに動かない。それがたまらなく怖かった。
「……菜穂」
「は、はいっ！」
　沈黙を破ったのは蓮くんで、返事するのに思わず緊張してしまった。
　だけど、そこから蓮くんの返しがない。
　すると固まっていた蓮くんが、ようやく私に近づく。
「……もう無理」
「蓮くん？」
「菜穂は、俺だけのもの……。触れていいのも俺だけなのにどうしてあいつが！」
「あ、あの……きゃっ！」
　様子が変な蓮くんは、席に座る私の腕を掴んで強引に引いた。

体が一瞬宙に浮き、背中に蓮くんの手が回される。
「菜穂、もうあいつのことは忘れてね、さっきのことは消しさるんだよ、それぐらい俺で埋めてあげるからね」
「あ、あの蓮く……んっ」
　いつもと違う様子の蓮くんに戸惑いながらも名前を呼ぼうとすると、その前に唇を塞がれてしまった。
　私たちしかいないと言っても、ここは学校の教室。
　恥ずかしいに決まってるけど、それ以上に胸がドキドキしてぎゅっと目を閉じ受け入れてる自分がいた。
　何度も繰り返されるキス。
　そのうえいつもよりきつく、強引なもので。蓮くんにしがみつくので精一杯だった。
「もう限界？」
　唇を離した蓮くんが、ふっと色っぽく笑う。今の蓮くんは色気があって危険だ。
　だから素直に頷くけど、蓮くんは私の頬にそっと手を添えてまた私にキスをした。
「ダメだよ、消毒しないと。あいつにキスされたとか、考えただけでもイライラする」
「で、でもキスされたのは頬だよ？」
　消毒って言ってる蓮くんだけど、キスしてる場所は頬ではなく唇だ。
　それを聞いた蓮くんは、少し停止した。
「蓮くん？」
「あいつ、騙したな……」

「えっ？」
「俺の角度からは唇にキスしてるように見えたんだ。それにあいつ……。菜穂の唇、柔らかかったって言ってきたから……。くそ、騙された、悔しい、菜穂……」

　ぎゅっと、蓮くんが私を力強く抱きしめた。そ、そんなこと秋野くんが言ってたの？

　なんだか恥ずかしい。

「で、でも頬だし……それに秋野くんはただからかうつもりで……」
「からかうつもりで菜穂に触れたのも腹立つし、頬だとしてもキスはキスだから一緒だよ」
「あ、あの……」

　それを言われてしまえば何も言い返せない。

　そしたら蓮くんが私と少し距離を開け、また唇を塞いできた。

　強引だけれど、甘いキス。

　ここが学校だとかどうでもよくなるくらい、そのキスに惑わされる。

「本気で、嫉妬で狂いそうだ」

　蓮くんが私を見て、余裕がなさそうに小さくそう呟いた。嫉妬で、狂う……。

　それは今日、蓮くんが言っていたことだ。

　じゃあ今の蓮くんの状態が……嫉妬で狂ってるって、こと？

　なぜだかゾクッとした。

その色っぽい瞳も、低い声も、いつもより強引なキスだって全部。
　ああ、ダメだ。
　私の頭は本当に蓮くんでいっぱい。
　私のほうが蓮くんのことを好きすぎて……おかしくなりそう。
　そんなことを考えていたら、蓮くんが少し目を見張った。
「なんか……ゾクッてした」
「え？」
「今、菜穂のこと見て、なんかゾクッてした。今……何考えてた？」
　まさか蓮くんも私と同じことを感じていたなんて。
「これ、言ったら……蓮くんに引かれるかもしれない」
「引かないよ、こんなに好きなのに」
「あのね」
「うん」
「蓮くんのことが好きすぎて、おかしくなりそうだなって、思って……」
　日に日に好きという思いが増してるんだ。
　本当に私のほうが蓮くんのこと、好きだと思う。
「引いた、よね？」
　おかしくなりそう、だなんて。普通なら引いて当たり前だ。
　だけど蓮くんは笑った。またゾクッとするほど、綺麗に。
「何言ってるの？　最高だよ、菜穂。もっと俺を好きになっ

て、おかしくなって」
　また蓮くんが近づいてきて、唇を重ねられる。
　もっと、キスしてほしい。蓮くんと触れていたい。
　こんな感情が溢れるのは初めてで、どんどん好きが溢れていく。
　だけど逆に制御する方法も知らないから、どうすることもできない。
　好きって気持ちすらわからなかった私だけど、今ならわかる。
　本当に蓮くんが好き、大好き。
　甘いキスがまた降ってくる。だけど、まだ足りない。
　もっと蓮くんのキスに……酔いしれていたかった。
「菜穂、大好きだよ」
「私も……大好き」
　息が苦しくて、視界が涙でにじむ。
　だけど、苦しさよりも幸せでいっぱい。
「もう本当にかわいいね、菜穂。愛してるよ」
　愛してるって言葉。
　恥ずかしさもあるけど、それ以上にうれしい気持ちが胸に広がる。
　そんな私の様子を見た蓮くんが優しく笑った。
　私の大好きな笑顔。
　これからもずっと、蓮くんの隣にいれますように。
　そう願いを込めながら……私も笑い返した。

　　　　　　　　　　　　　　　　　　END

あとがき

　初めまして、三宅 あおいです。
　この度は、数ある作品の中から本作品をお手に取っていただきありがとうございます。

　実は私自身、王道から少しずれた作品が好きなので、この作品を読んで少しでも他とは違うな、と思っていただければ幸いです。
　その中で、蓮くんのキャラに驚いた人もいるかもしれません。
　ですが私は、蓮くんのような爽やかなイケメン（ヤンデレ気質）が好きです。
　もともと私は、爽やかでとても一途な男の子を推していました。その結果、生まれたのが蓮くんです。

　ヤンデレ気質の蓮くんは、菜穂のことが好きすぎて周りが見えなくなる……そんな一途すぎる彼に、好意を抱いていただけたら、作者として本当に嬉しいです！

　普段から統一性のない作品ばかりを書いている私ですが、この作品は"全力でコメディーに突っ走る"という意味を持つ"全力ラブコメ"をコンセプトにして書き上げた作品です。

あとがき

　読んでくださった方々に、笑顔とドキドキと胸キュンを届けられたらいいな、という思いを込めて書いた作品になります。
　なので、ドキドキや胸キュンに加え、読んでいておもしろい！と思っていただけたらすごく嬉しくて喜びます！

　番外編では、さらに蓮くんの甘さとヤンデレ気質がグレードアップされていたと思います。
　私自身、書いていて『蓮くん、やばいな……』と思いつつ、最後のシーンはとても甘々に仕上げたつもりです。
　なので、本編よりもさらにドキドキと胸キュンをお届けできたらいいなと思いました！

　最後になりましたが、素敵なイラストを描いていただき、キャラクターたちに命を吹きかけてくださった木村恭子様、本当にありがとうございました。
　そして何より、この作品を読んでくださった全ての読者様に心から感謝申し上げます。

　これからもひと味違った作品をたくさん生み出していけるように頑張りますので、よろしくお願いします！

2019年3月25日　三宅 あおい

作・三宅 あおい（みやけ あおい）

関西出身のバリバリ関西弁。中学・高校はバレーボール部に所属し、身長は男子の平均超え。純愛・甘々・ラブコメなど、統一性のない作品ばかり。王道から少し外れ、なおかつ一途な男の子を書くのが好き。本作が初の書籍化。現在も執筆活動を続けている。

絵・木村 恭子（きむら きょうこ）

集英社発行の少女漫画誌「りぼん」で活躍中の漫画家。1月6日生まれ。A型。2008年、お正月大増刊号りぼんスペシャル「ただただデイドリームビリーバー」でデビュー。キュンキュンが止まらない初恋物語、RMC「好きにならずにいられない」全2巻大好評発売中！ 最新掲載情報などは、りぼん公式HP「りぼんわくわくステーション」をチェック。

ファンレターのあて先

〒104-0031

東京都中央区京橋1-3-1

八重洲口大栄ビル7F

スターツ出版（株）書籍編集部 気付

三宅 あおい先生

この物語はフィクションです。
実在の人物、団体等とは一切関係がありません。

KEITAI
SHOUSETSU
BUNKO
SINCE 2009

一途で甘いキミの溺愛が止まらない。
2019年3月25日　初版第1刷発行

著　者　三宅　あおい
　　　　©Aoi Miyake 2019

発行人　松島滋

デザイン　カバー　金子歩未（hive&co., ltd.）
　　　　　フォーマット　黒門ビリー＆フラミンゴスタジオ

DTP　朝日メディアインターナショナル株式会社

編　集　若海瞳

編集協力　ミケハラ編集室

発行所　スターツ出版株式会社
　　　　〒104-0031　東京都中央区京橋1-3-1　八重洲口大栄ビル7F
　　　　出版マーケティンググループ
　　　　TEL03-6202-0386（ご注文等に関するお問い合わせ）
　　　　https://starts-pub.jp/

印刷所　共同印刷株式会社
Printed in Japan

乱丁・落丁などの不良品はお取り替えいたします。上記出版マーケティンググループまでお問い合わせください。
本書を無断で複写することは、著作権法により禁じられています。
定価はカバーに記載されています。

ISBN 978-4-8137-0645-8　C0193

ケータイ小説文庫　2019年3月発売

『悪魔の封印を解いちゃったので、クールな幼なじみと同居します!』 神立まお・著

突然、高2の佐奈の前に現れた黒ネコ姿の悪魔・リド。リドに「お前は俺のもの」と言われた佐奈はお祓いのため、リドと、幼なじみで神社の息子・晃と同居生活をはじめるけど、怪奇現象に巻き込まれたりトラブル続き。さらに、恋の予感も!?　俺様悪魔とクールな幼なじみとのラブファンタジー!

ISBN978-4-8137-0646-5
定価:本体590円+税

ピンクレーベル

『一途で甘いキミの溺愛が止まらない。』 三宅あおい・著

内気な高校生・菜穂はある日突然、父の会社を救ってもらう代わりに、大企業の社長の息子と婚約することに。その相手はなんと、超イケメンな同級生・蓮だった!　しかも蓮は以前から菜穂のことが好きだったと言い、毎日「可愛い」「天使」と連呼して菜穂を溺愛。甘々な同居ラブに胸キュン!!

ISBN978-4-8137-0645-8
定価:本体590円+税

ピンクレーベル

『腹黒王子さまは私のことが大好きらしい。』 *あいら*・著

超有名企業のイケメン御曹司・京壱は校内にファンクラブができるほど女の子にモテモテ。でも彼は幼なじみの乃々花のことを異常なくらい溺愛していて…。「俺だけの可愛い乃々花に近づく男は絶対に許さない」──ヤンデレな彼に最初から最後まで愛されまくり♡　溺愛120%の恋シリーズ第3弾!

ISBN978-4-8137-0647-2
定価:本体590円+税

ピンクレーベル

『求愛』 ユウチャン・著

高校生のリサは過去の出来事のせいで自暴自棄に生きていた。そんなリサの生活はタカと出会い変わっていく。孤独を抱え、心の奥底では愛を欲していたリサとタカ。導かれるように惹かれ求めあい、小さな幸せを手にするけれど…。運命に翻弄されながらも懸命に生きるふたりの愛に号泣の感動作!

ISBN978-4-8137-0662-5
定価:本体590円+税

ブルーレーベル

読むたび何度でも恋をする…全力恋宣言！
毎月25日はケータイ小説文庫の日♥

心に沁みるピュアラブやキラキラの青春小説、
「野いちご」ならではの胸キュン小説など、注目作が続々登場！

ケータイ小説文庫　好評の既刊

『ふたりは幼なじみ。』青山そらら・著

梨々香は名門・西園寺家の一人娘。同い年で専属執事の神楽は、小さい時からいつも一緒にいて必ず梨々香を守ってくれる頼れる存在だ。お嬢様と執事の関係だけど、「りぃ」「かーくん」って呼び合う仲のいい幼なじみ。ある日、梨々香にお見合いの話がくるけど…。ピュアで一途な幼なじみラブ！

ISBN978-4-8137-0629-8
定価：本体590円+税

ピンクレーベル

『新装版　特等席はアナタの隣。』香乃子・著

学校一のモテ男・黒崎と純情少女モカは、放課後の図書室で親密になり付き合うことになる。他の女子には無愛想な和泉だけど、モカには「お前の全部が欲しい」と宣言したり、学校で甘いキスをしたり、愛情表現たっぷり。モカ一筋で毎日甘い言葉を囁く和泉で、モカの心臓は鳴りやまなくて…!?

ISBN978-4-8137-0628-1
定価：本体640円+税

ピンクレーベル

『月がキレイな夜に、きみの一番星になりたい。』涙鳴・著

蕾は無痛症を患い、心配性な親から行動を制限されていた。もっと高校生らしく遊びたい――そんな自由への憧れは誰にも言えないでいた蕾。ある晩、バルコニーに傷だらけの男子・夜斗が現れる。暴走族のメンバーだと言う彼は『お前の願いを叶えたい』と、蕾を外の世界に連れ出してくれて…？

ISBN978-4-8137-0630-4
定価：本体540円+税

ブルーレーベル

ケータイ小説文庫　好評の既刊

『今すぐぎゅっと、だきしめて。』Ｍａｉ・著

中学最後の夏休み前夜、目を覚ますとそこには…なんと、超イケメンのユーレイが！ヒロと名乗る彼に突然キスされ、彼の死の謎を解く契約を結んでしまったユイ。最初はうんざりしながらも、一緒に過ごすうちに意外な優しさをみせるヒロにキュンとして…。ユーレイと人間、そんなふたりの恋の結末は!?

ISBN978-4-8137-0613-7
定価：本体590円+税

　　　　　　　　　　　ピンクレーベル

『総長に恋したお嬢様』Moonstone・著

玲は財閥令嬢で、お金持ち学校に通う高校生。ある日、街で不良に絡まれていたところを通りすがりのイケメン男子・憐斗に助けられるが、彼はなんと暴走族の総長だった。最初は怯える玲だったけれど、仲間思いで優しい彼に惹かれていって…。独占欲強めな総長とのじれ甘ラブにドキドキ!!

ISBN978-4-8137-0611-3
定価：本体640円+税

　　　　　　　　　　　ピンクレーベル

『クールな生徒会長は私だけにとびきり甘い。』*あいら*・著

高１の莉子は、女嫌いで有名なイケメン生徒会長・湊先輩に突然告白されてビックリ！　成績優秀でサッカー部のエースでもある彼は、莉子にだけ優しくて、家まで送ってくれたり、困ったときに助けてくれたり。初めは戸惑う莉子だったけど、先輩と一緒にいるだけで胸がドキドキしてしまい…？

ISBN978-4-8137-0612-0
定価：本体590円+税

　　　　　　　　　　　ピンクレーベル

『キミに捧ぐ愛』miNato・著

美少女の結愛はその容姿のせいで女子から妬まれ、孤独な日々を過ごしていた。心の支えだった彼氏も浮気をしていると知り、絶望していたとき、街でヒロトに出会う。自分のことを『欠陥人間』と言う彼に、結愛と似たものを感じ惹かれていく。そんな中、結愛は隠されていた家族の秘密を知り…。

ISBN978-4-8137-0614-4
定価：本体590円+税

　　　　　　　　　　　ブルーレーベル

読むたび何度でも恋をする…全力恋宣言！
毎月25日はケータイ小説文庫の日♥

心に沁みるピュアラブやキラキラの青春小説、
「野いちご」ならではの胸キュン小説など、注目作が続々登場！

ケータイ小説文庫　好評の既刊

『クールな同級生と、秘密の婚約⁉』SELEN・著

高2の亜瑚は倒産危機に陥った両親の会社を救うため、政略結婚することに。相手はなんと学校一のモテ男子・湊だった。婚約者として湊との同居が始まり戸惑う亜瑚。でも、料理中にハグされたり「いってきます」のキスをされたり、毎日ドキドキの連続で⁉　新婚生活みたいに激甘な恋に胸キュン‼

ISBN978-4-8137-0588-8
定価：本体590円+税

ピンクレーベル

『天ヶ瀬くんは甘やかしてくれない。』みゅーな**・著

高2のももは、同じクラスのイケメン・天ヶ瀬くんのことが好きだけど、話しかけることすらできずにいた。なのにある日突然、天ヶ瀬くんに「今日から俺の彼女ね」と宣言される。からかわれているだけだと思っていたけれど、「ももは俺だけのものでしょ？」と独り占めしようとしてきて…。

ISBN978-4-8137-0589-5
定価：本体590円+税

ピンクレーベル

『新装版 てのひらを、ぎゅっと』逢優・著

彼氏の光希と幸せな日々を過ごしていた中3の心優は、突然病に襲われ、余命3ヶ月と宣告されてしまう。光希の幸せを考え、好きな人ができたから別れようと嘘をついて病と闘う決意をした心優だったけど…。命の大切さ、人との絆の大切さを教えてくれる大ヒット人気作が、新装版として登場！

ISBN978-4-8137-0590-1
定価：本体590円+税

ブルーレーベル

読むたび何度でも恋をする…全力恋宣言！
毎月25日はケータイ小説文庫の日♥

心に沁みるピュアラブやキラキラの青春小説、
「野いちご」ならではの胸キュン小説など、注目作が続々登場！

ケータイ小説文庫　好評の既刊

『オオカミ系幼なじみと同居中。』Mai（マイ）・著

16歳の未央はひょんなことから父の友人宅に居候することに。そこにはマイペースで強引だけどイケメンな、同い年の要が住んでいた。初対面のはずなのに、愛おしそうに未央のことを見つめる要にキスされ戸惑う未央。でも、実はふたりは以前出会っていたようで…？　運命的な同居ラブにドキドキ！
ISBN978-4-8137-0569-7
定価：本体610円+税

ピンクレーベル

『キミが可愛くてたまらない。』＊あいら＊・著

高2の真由は隣に住む幼なじみ・煌貴と仲良し。彼はなんでもできちゃうイケメンで女子に大人気だけど、"冷血王子"と呼ばれるほど無愛想。そんな煌貴に突然「俺のものになって」とキスされて…。お兄ちゃんみたいな存在だったのに、ドキドキが止まらない!!　甘々120%な溺愛シリーズ第1弾！
ISBN978-4-8137-0570-3
定価：本体590円+税

ピンクレーベル

『新装版　サヨナラのしずく』juna（ジュナ）・著

優等生だけど、孤独で居場所がみつからない高校生の雫。繁華街で危ないところを、謎の男・シュンに助けられる。お互いの寂しさを埋めるように惹かれ合うふたりだが、元暴走族の総長だった彼には秘密があり、雫を守るために別れを決意する。愛する人との出会いと別れ。号泣必至の切ない物語。
ISBN978-4-8137-0571-0
定価：本体570円+税

ブルーレーベル

ケータイ小説文庫 好評の既刊

『無気力王子とじれ甘同居。』雨乃めこ・著

高2の祐実はひとり暮らし中。ある日突然、大家さんの手違いで、授業中居眠りばかりだけど学年一イケメンな無気力男子・松下くんと同居することになってしまう。マイペースな彼に振り回される祐実だけど、勝手に添い寝をして甘えてきたり、普段とは違う一面を見せる彼に惹かれていって…？

ISBN978-4-8137-0550-5
定価:本体590円+税

ピンクレーベル

『俺の愛も絆も、全部お前にくれてやる。』晴虹・著

全国でNo.1の不良少女、通称"黄金の桜"である泉は、ある理由から男装して中学に入学する。そこは不良の集まる学校で、涼をはじめとする中間に出会い、タイマンや新入生VS在校生の"戦争"を通して仲良くなる。涼の優しさに泉は惹かれはじめるものの、泉は自分を偽り続けていて…？

ISBN978-4-8137-0551-2
定価:本体590円+税

ピンクレーベル

『月明かりの下、君に溺れ恋に落ちた。』nako.・著

家族に先立たれた孤独な少女の朝日はある日、家の前で見知らぬ男が血だらけで倒れているのを発見する。戸惑う朝日だったが、看病することに。男は零と名乗り、何者かに追われているようだった。零もまた朝日と同じく孤独を抱えており、ふたりは寂しさを埋めるように一夜を共にして…？

ISBN978-4-8137-0552-9
定価:本体590円+税

ブルーレーベル

『新装版 キミのイタズラに涙する。』cheeery・著

高校1年の沙良は、イタズラ好きのイケメン・隆平と同じクラスになる。いつも温かく愛のあるイタズラを仕掛ける彼に、イジメを受けていた満は救われ、沙良も惹かれていく。思いきって告白するが、彼は返事を保留にしたまま、白血病で倒れてしまい…。第9回日本ケータイ小説大賞・優秀賞＆TSUTAYA賞受賞の人気作が、新装版で登場！

ISBN978-4-8137-0553-6
定価:本体580円+税

ブルーレーベル

ケータイ小説文庫　2019年4月発売

『甘えないで榛名くん。(仮)』みゅーな**・著

高2の雛乃は隣のクラスのモテ男・榛名くんに突然キスされ怒り心頭。二度と関わりたくないと思っていたのに、家に帰ると彼がいて、母親から2人で暮らすよう言い渡される。幼なじみだったことが判明し、渋々同居を始めた雛乃だったけど、甘えられたり抱きしめられたり、ドキドキの連続で…!?
ISBN978-4-8137-0663-2
予価:本体 500円+税

ピンクレーベル

『俺が意地悪するのはお前だけ。(仮)』善生茉由佳・著

普通の高校生・花穂は、幼い頃幼なじみの蓮にいじめられてから、男子が苦手。平穏に毎日を過ごしていたけど、引っ越したはずの蓮が突然戻ってきた…！高校生になった蓮はイケメンで外面がよくてモテモテだけど、花穂にだけ以前のままの意地悪。そんな蓮がいきなりデートに誘ってきて…!?
ISBN978-4-8137-0674-8
予価:本体 500円+税

ピンクレーベル

『眠り姫はひだまりで(仮)』相沢ちせ・著

眠るのが大好きな高1の色葉はクラスの"癒し姫"。旧校舎の空き教室でのお昼寝タイムが日課。ある日、秘密のルートから隠れ家に行くと、イケメンの純が！ 彼はいきなり「今日の放課後、ここにきて」と優しくささやいてきて…。クール王子が見せる甘い表情に色葉の胸はときめくばかり!?
ISBN978-4-8137-0664-9
予価:本体 500円+税

ピンクレーベル

『雪の降る海(仮)』河野美姫・著

高校生の渚は幼なじみの雪緒と付き合っている。ちょっと意地悪で、でも渚にだけ甘い雪緒と毎日幸せに過ごしていたけれど、ある日雪緒の脳に腫瘍が見つかってしまう。自分が余命僅かだと知った雪緒は渚に別れを告げるが、渚は最後の瞬間まで雪緒のそばにいることを決意して…。感動の恋物語。
ISBN978-4-8137-0665-6
予価:本体 500円+税

ブルーレーベル

書店店頭にご希望の本がない場合は、
書店にてご注文いただけます。